Sensaci

... isento de verdade

Leonardo Lanna / Martha Mendonça
/ Marcelo Zorzanelli / Nelito Fernandes

nalista

BelasLetras

Editor
Gustavo Guertler

Coordenação editorial
Fernanda Fedrizzi

Revisão
Germano Weirich

Capa e projeto gráfico
Celso Orlandin Jr.

Este livro nasceu a partir de uma ideia do funcionário Pedro Guerra.

Dados Internacionais de Catalogação na Fonte (CIP)
Biblioteca Pública Municipal Dr. Demetrio Niederauer
Caxias do Sul, RS

L292 Lanna, Leonardo
Sensacionalista / Leonardo Lanna… [et al.]. Caxias do Sul, RS: Belas-Letras, 2016.
192 p.; 23cm.

ISBN: 978-85-8174-303-5
E-ISBN: 978-85-8174-304-2

1. Humor brasileiro. 2. Sensacionalista (site da web). I. Zorzanelli, Marcelo. II. Mendonça, Martha. III. Fernandes, Nelito. IV. Título.

16/08 CDU: 869.0(81)-7

Catalogação elaborada por
Cássio Felipe Immig, CRB-10/1852

Grafia atualizada segundo o Acordo Ortográfico da Língua Portuguesa de 1990, que entrou em vigor no Brasil em 2009.

IMPRESSO NO BRASIL

EDITORA BELAS-LETRAS LTDA.
Rua Coronel Camisão, 167
Cep: 95020-420 – Caxias do Sul – RS
Fone: (54) 3025.3888 – www.belasletras.com.br

Este livro

Sensacionalista

pertence a

Todos os dias, cerca de 300 mil pessoas leem as notícias do Sensacionalista. São dez milhões de visitantes únicos por mês, a maioria levados pelo Facebook, onde nossa página já tem 2,2 milhões de seguidores. Numa comparação com as versões digitais de boa parte dos grandes veículos de comunicação do país, estamos em quarto lugar em número de leitores – mesmo não sendo um jornal de verdade.

Tudo isso é resultado de uma operação gigantesca, que envolve uma grande redação com mais de 200 funcionários, entre jornalistas, humoristas, consultores estratégicos e analistas de mercado, pesquisadores de opinião, estatísticos e publicitários.

No primeiro parágrafo, tudo é verdade.

No segundo, tudo é mentira.

Apenas quatro pessoas são responsáveis pela produção do Sensacionalista, sendo que, na época em que este livro foi lançado, havia dois colaboradores entre nós. Não temos uma redação – tudo acontece, acredite, por WhatsApp. É uma reunião de pauta que começa às vezes antes de seis da manhã, quando um de nós cai da cama, e muitas vezes vai até a madrugada, quando alguém chega da balada, misturando levantamento de assuntos que rendem piada, discussões de ideias de manchetes, papos filosóficos, trocas de vídeos e zoeira generalizada sem classificação. Como resultado, desde notícias fictícias que viram clássicos e são compartilhadas por milhares em apenas alguns minutos até piadas que são rapidamente esquecidas, a começar por nós mesmos.

Mas como é que vocês fazem isso tudo? É a pergunta que mais ouvimos. A explicação talvez seja o fato de nossa matéria-prima ser literalmente tudo o que nos cerca – da briga política no Congresso ao modo de vestir dos velhos no hortifruti. Do comportamento das pessoas nas redes sociais às gafes da cantora popular. Da polêmica homofóbica da vez aos vícios do mercado do varejo. Dos absurdos das ditaduras que ainda sobrevivem ao novo hit popular do YouTube. Da hipocrisia humana aos vestidos bizarros das celebridades no último evento internacional. Da doença da vez ao novo meme. Da última roubalheira nacional ao que aconteceu no último episódio da série de TV mais amada. Da última do papa ao penteado novo do jogador de futebol. Enumerar tudo já daria esse livro inteiro.

A segunda maior pergunta que nos fazem talvez seja como se produz um viral – uma notícia/piada que é certeza de sucesso. A resposta é que temos algumas pistas, mas, com o tempo, elas vão sendo destruídas pela realidade. Nosso dia a dia é o da imprevisibilidade – e isso é nosso estresse e nosso prazer. Porque a surpresa do sucesso de uma piada pela qual não dávamos nada compensa o "fuén" (como chamamos os fracassos) daquilo em que apostávamos todas as nossas fichas.

Quando o primeiro de nós dá bom-dia e nossas rotativas virtuais começam a rodar, nosso objetivo é sempre atingir o máximo de pessoas, mas não só em quantidade. Queremos atingir cada uma delas em profundidade. Esperamos que elas riam, que se surpreendam e que pensem no mundo como ele é – e nelas mesmas, como são, o que fazem, por que fazem. Uma vez algum de nós disse que, se um extraterrestre descesse na Terra e levasse com ele apenas as notícias do Sensacionalista, certamente entenderia muito do que se passa por aqui, em todos os sentidos. Isso seria muito legal. E se o ET morresse de rir, aí seria nossa glória completa!

SUMÁRIO

digital

NOVO IPHONE SERÁ TÃO FINO QUE SERVIRÁ COMO LÂMINA DE BARBEAR

Às vésperas do lançamento do novo iPhone, boatos já tomam conta do mercado. Um deles garante que desta vez o aparelho virá tão fino que, em caso de necessidade, será possível fazer a barba com ele. A ideia de que o smartphone da Apple é um produto cada vez mais leve e com mais utilidades chegou ao extremo e, além de ser fino, ele poderá ter ainda um dispositivo de segurança que dispara gás paralisante, para ser usado em caso de assalto.

A Apple também está estudando novas demandas e promete novidades para depois de 2018: o iPhone que faz ovo com gema mole e traz a pessoa amada em três dias. "Queremos diversificar nosso produto, fazer com que ele seja cada vez mais necessário no dia a dia das pessoas, algo sem o qual elas não podem viver", diz John Wilkes, um dos diretores da Apple.

No Brasil, um projeto de lei do Congresso já prevê a introdução do smartphone na cesta básica do brasileiro.

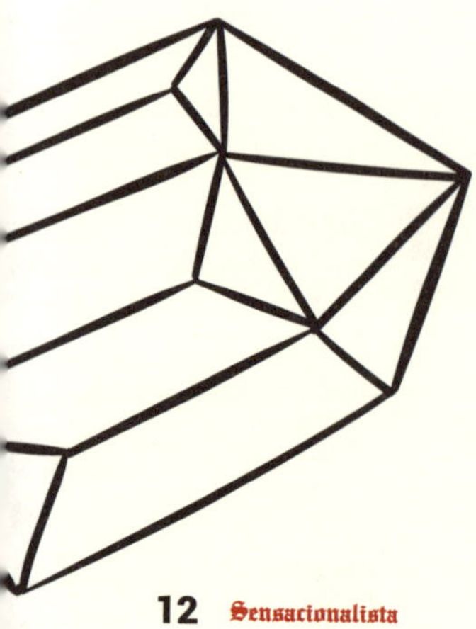

VATICANO CONDENA USO DE IPHONE, IPOD E IPAD DA APPLE POR DIFUNDIREM O SÍMBOLO DO FRUTO PROIBIDO

Vaticano declarou guerra à Apple. Em mensagem divulgada ontem, o Papa Bento XVI condenou o uso do iPhone, do iPod e do iPad, por serem marcados por uma maçã, o símbolo da empresa – e também o fruto proibido, do pecado original. O Vaticano acredita que haja uma mensagem subliminar de incentivo ao sexo que estaria prejudicando o mundo ocidental, em especial os jovens. O papa pede ainda que Steve Jobs pare de pensar que é Deus.

FACEBOOK VAI LANÇAR BOTÃO "PSICOGRAFAR" PARA ENVIAR MENSAGENS A AMIGOS MORTOS

Depois do sucesso do botão "curtir", o Facebook vai lançar o "psicografar", para mandar mensagens a amigos mortos. A novidade foi anunciada hoje por Mark Zuckerberg, um dos criadores da rede social. Segundo ele, o Facebook fez uma parceria com espíritas brasileiros, que ajudaram na programação da ferramenta. "Muita gente gostaria de uma comunicação com o além, acho que conseguimos isso", disse Mark. Assim que o usuário clicar em "psicografar" a mensagem será enviada a um grupo de médiuns que tentará fazê-la chegar ao destinatário. "É inovador. Existem pessoas que querem falar com os espíritos mas não ir a centros. Resolvemos essa questão", disse Mark.

LANÇADO NOVO SITE DE COMPRAS E HISTERIA COLETIVA, O CAOS URBANO

Seguindo a tendência de sites de compras coletivas, uma empresa aproveitou o embalo da situação do Rio de Janeiro e criou o Caos Urbano, o primeiro site de compras e histeria coletiva. No site, os usuários poderão encontrar diversas ofertas de veículos blindados, roupas camufladas e até passagens aéreas para fora da cidade. Tudo com até 60% de desconto. As ofertas são ativadas quando um mínimo de veículos queimados é atingido.

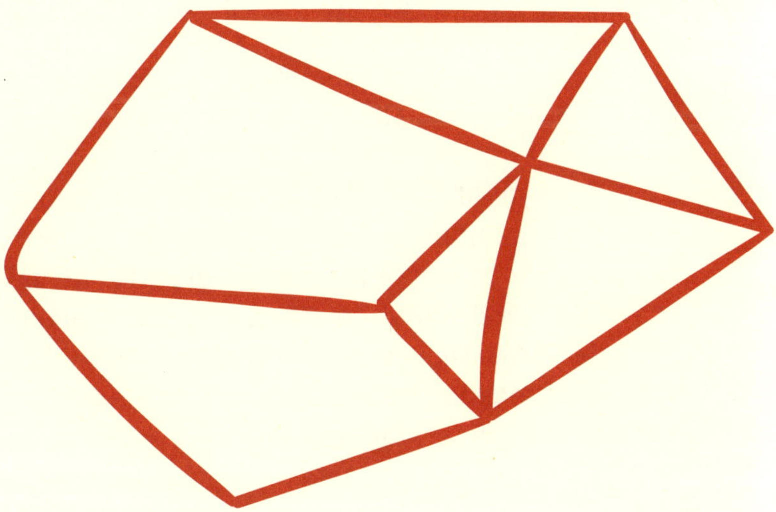

INDIANO QUE CONSEGUIU DESABILITAR NOTIFICAÇÕES POR E-MAIL DO FACEBOOK GANHA O NOBEL

Qualquer usuário do Facebook que já tentou desabilitar as notificações por e-mail sabe que isso é impossível. Por mais que você tente editar seu perfil e desmarcar as notificações, os e-mails da rede social continuam a chegar a todo instante, informando que alguém comentou em seu mural, que alguém quer ser seu amigo e muito mais. Pois o indiano Yarfik Admansaiah, de 28 anos, conseguiu parar de receber e-mails da rede social. Yarfik é atendente de telemarketing e programador "por esporte". Ele não revelou como conseguiu a façanha, mas provou a uma banca examinadora que estava há duas semanas sem receber sequer um e-mail do Facebook. Graças ao feito, ele ontem foi anunciado o vencedor do prêmio Nobel de Informática. A vida de Yarfik mudou.

Seu perfil saiu de 35 amigos para 7900 em menos de duas horas e ele se transformou na mais nova celebridade da internet. Já tem proposta de emprego de várias gigantes do Vale do Silício. "Estou analisando ainda o que vou fazer. Foi tudo muito rápido. Eu só queria parar de receber aqueles e-mails que não me deixavam em paz".

O vencedor do Nobel já foi convidado por brasileiros incomodados pelos constantes e-mails de sites de compras coletivas. O Facebook informou que está à procura da falha que permitiu que os e-mails fossem desabilitados.

PUBLICAR FOTOS RUINS DE AMIGOS NO FACEBOOK PODE DAR DE SEIS MESES A UM ANO DE CADEIA

O Congresso aprovou ontem uma nova lei que pune quem publicar fotos ruins de amigos nas redes sociais. O projeto prevê pena de seis meses a um ano por difamação. A lei prevê ainda um agravante que dobra a pena: fazer fotomontagem para que os amigos pareçam tortos ou mais gordos. A nova legislação abre caminho também para futuros processos por danos morais movidos pelas vítimas contra os amigos.

Autor do projeto, o deputado Vanildo Salomão explica que as fotos publicadas em alguns perfis parecem escolhidas a dedo só para provocar constrangimento. "Repare que muitas vezes sua amiga está numa festa e faz várias fotos. As únicas que ela publica no Facebook são aquelas nas quais você aparece fazendo caretas, enquanto ela aparece linda ao seu lado".

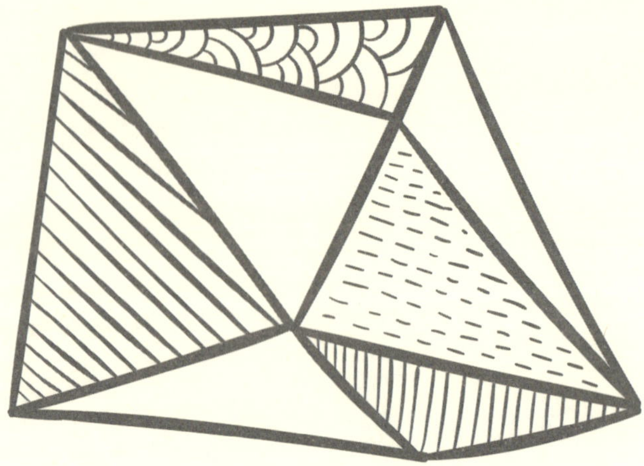

FACEBOOK TERÁ O BOTÃO "CAGUEI"

A partir do próximo mês, além de "comentar" e "curtir", os milhares de usuários do Facebook no Brasil terão um novo botão: "caguei". A novidade foi criada a partir da demanda de centenas de internautas, que expressaram o desejo de se manifestar diante de notícias pessoais, informações irrelevantes e incontáveis vídeos desinteressantes postados em seus murais todos os dias.

Desta forma, informou a assessoria do Facebook, a rede social espera estar ainda mais antenada com o cotidiano de seus membros. "O povo brasileiro tem especificidades muito intrínsecas que devem ser respeitadas. E, quem sabe, a ideia seja exportada para outros países?", diz Marcos Esadoff, representante do Facebook no Brasil. Outras redes sociais estudam fazer o mesmo. O Twitter planeja para o segundo semestre o botão "foda-se" integrado a postagens do Foursquare.

APÓS SUCESSO DE BOTÃO "CAGUEI", FACEBOOK LANÇA "ANDEI": "AGORA USUÁRIO PODE CAGAR E ANDAR"

Após o sucesso do botão "caguei", o Facebook anunciou hoje que lançará mais um botão para ser usado por seus usuários: o "andei". "Queremos sempre oferecer o serviço mais completo ao usuário. Às vezes você não quer simplesmente cagar para alguma coisa. Tipo quando alguém diz que está saindo para ir à academia, posta foto de peça de roupa que acabou de comprar, reclama do serviço no bar ou restaurante onde está, você não quer simplesmente cagar. Você quer cagar e andar", disse Derek Capetto, gerente de botões do Facebook.

CIENTISTAS E ARTISTAS PROTESTAM CONTRA O USO INDISCRIMINADO DO ADJETIVO "GÊNIO" NAS REDES SOCIAIS

Um seleto grupo de cientistas, escritores, pintores, cineastas e músicos realizou uma caminhada em protesto contra o uso indiscriminado do adjetivo "gênio" no Twitter e no Facebook. Liderada pelo físico Stephen Hawking, a caminhada ocorreu em frente a Fundação Nobel na Suécia. "É uma banalização do termo. Se todos são geniais, então ninguém é. E como ficamos?", reclamou a pianista Lisa Cooper, de 12 anos, que toca toda a obra de Mozart e Tchaikovsky desde os 6. No manifesto o grupo recomenda que os usuários utilizem termos mais apropriados às redes sociais tais como: maneiro, irado, LOL e "apkasoskaposkpaoskpaoks".

ZUCKERBERG VAI COBRAR ALUGUEL DE QUEM ESTÁ MORANDO NO FACEBOOK

Sempre que se entra no Facebook, a pessoa está lá. Pode ser dia útil ou fim de semana; de manhã, de tarde ou de noite; dia de jogo de Copa do Mundo ou Natal. Não importa. Aquele amigo está o tempo todo disponível para o bate-papo ou entupindo seu mural de fotografias, vídeos e letras de música que só fazem sentido pra ele. Pois estas pessoas estão morando no Facebook. E seu fundador, Mark Zuckerberg, já detectou esse grupo – que já tem mais de 30 milhões de usuários.

Por isso, o jovem empresário decidiu que vai passar a cobrar um aluguel dessas pessoas. "É um preço simbólico, 10 centavos de dólar por mês. Mas é importante para caracterizar uma locação, e antes que essas pessoas queiram tomar conta da rede social por usucapião", diz Ronaldo Reynold, advogado do Facebook para a América Latina.

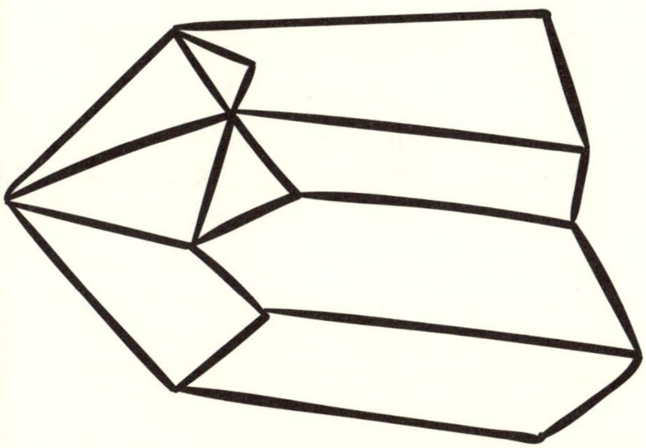

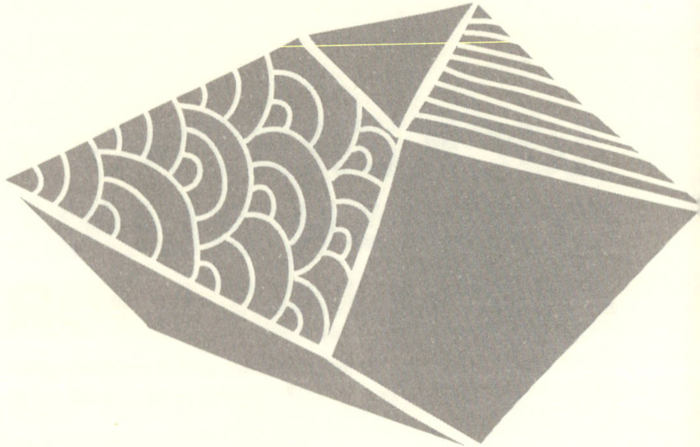

PROGRAMADOR PAQUISTANÊS BLOQUEIA E-MAILS DO LINKEDIN E TIRA O NOBEL DE INDIANO QUE BLOQUEARA OS DO FACEBOOK

O programador paquistanês Pramesh Jaballa conseguiu bloquear as centenas de e-mails que recebia diariamente com convites para ingressar no LinkedIn e ganhou o Nobel de Ciência da Computação. Até então o favorito era um indiano que conseguiu parar de receber notificações do Facebook. "Foram anos de dedicação ao trabalho que estão sendo reconhecidos agora. Eu fico feliz com o Nobel, mas fico mais feliz quando vejo minha caixa de entrada livre do LinkedIn". Jaballa disse que agora vai se dedicar a missões mais difíceis, como fazer a PSN funcionar.

RESPONDER A TODOS OS "PARABÉNS" NO FACEBOOK DURA ATÉ O ANIVERSÁRIO SEGUINTE DO USUÁRIO

Um levantamento da consultoria Innout mostrou que usuários que respondem individualmente a todos os "parabéns" recebidos ficam até o próximo aniversário só fazendo isso. Os pesquisadores ouviram 200 usuários que participaram da pesquisa enquanto respondiam aos parabéns. De acordo com o estudo, mesmo pessoas impopulares recebem em média 2,4 mil "parabéns" em cada aniversário. E são justamente esses usuários não muito populares que geram um chamado efeito cascata. "As pessoas dão parabéns por educação, mas esses chatos acabam aproveitando para puxar assunto quando recebem o parabéns", disse Michael Sanders, coordenador da pesquisa.

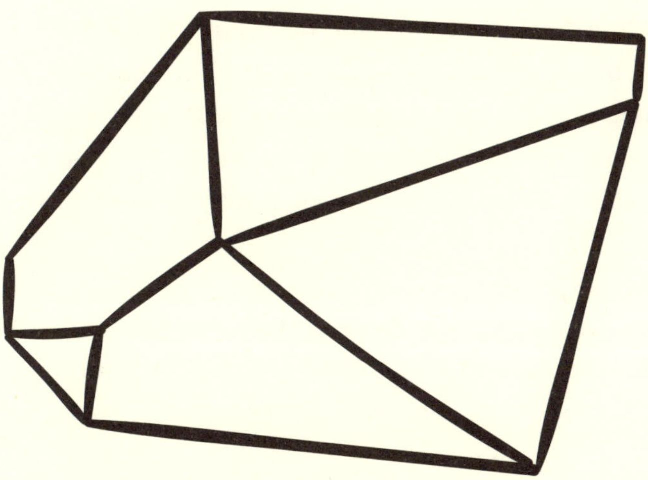

AS 10 COISAS QUE MAIS IRRITAM NAS REDES SOCIAIS

Digitar por 5 minutos e mandar apenas um "oi".

Esse "fenômeno" geralmente acontece quando você está digitando e aparece que a pessoa também está digitando, então você para, espera e... é apenas um "oi"

Mandar mensagens de bom-dia, seguidas de emojis e frases de autoajuda.

Essas mensagens geralmente vêm da sua mãe, da sua tia e da sua avó, que desde que ganhou um smartphone nunca mais fez nada de bom pra comer quando você vai visitá-la. (Parte boa: parou de perguntar "e as namoradinhas?")

Contar uma história enorme dando enter a cada duas palavras.

A "Síndrome do Enter" é uma doença grave que afeta 1 em cada 10 usuários das redes sociais. Geralmente a pessoa acometida por essa doença não consegue falar "oi" e "tudo bem" na mesma mensagem. Essas pessoas só não são excluídas ou bloqueadas porque o médico mandou não contrariar.

Divulgar notícias falsas e alarmantes como se fossem verdade.

O William Bonner não falou? Então é mentira. Não existe vírus mutante nenhum que acabará com a humanidade em 35 dias.

Colocar que está de LUTO no perfil e ficar offline.
Claro que todo mundo vai querer saber quem foi que morreu, mas a pessoa apenas deixa a palavra LUTO na timeline, espera os 557 comentários perguntando o que aconteceu, pra depois da missa do sétimo dia resolver responder: meu gato.

Ter uma opinião para tudo.
Principalmente para assuntos que não domina.
Pode parecer estranho, mas deixar passar um assunto do momento sem dar opinião não mata ninguém, tá?

Postar fotos com mais de 10 hashtags gigantes.
#NinguemGostaDeFicarTentandoLerOQueEstáEscritoNasHashTags

Marcar o amigo bêbado naquela foto de final de festa.
Mostrar que o outro é feio é a pior forma de querer parecer bonito.

Colocar foto de casal no perfil.
Todo mundo sabe que o casal é feliz. Ou que um deles foi obrigado a fazer isso. De qualquer forma, a gente só quer saber se está falando com Ele ou Ela. Com essas fotos isso sempre fica difícil.

O famoso e mundialmente conhecido "visualizou e não respondeu".
Quem gosta de falar sozinho está no Twitter e não no WhatsApp.

ACRESCENTE AS SUAS
(PORQUE 10 É POUCO)

____

____

____

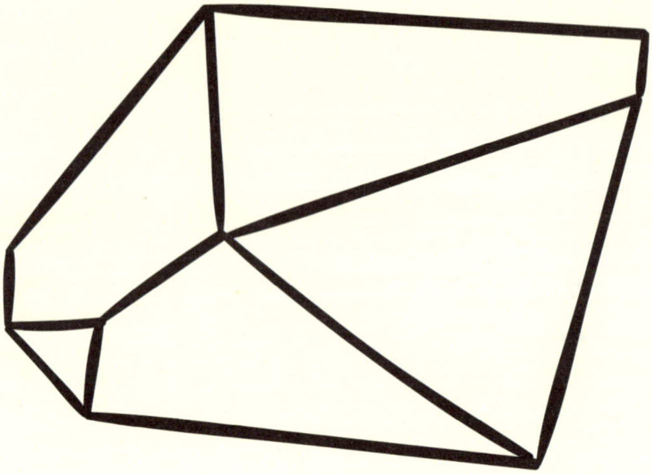

GOVERNO PORTUGUÊS TEME QUE COMPUTAÇÃO EM NUVEM PROVOQUE ACIDENTES AĒREOS

O anúncio do iCloud, a nuvem da Apple, colocou o governo português em alerta. De acordo com um relatório do serviço reservado português, a armazenagem em nuvem poderá provocar acidentes aéreos. "Já temos um espaço aéreo muito disputado. Armazenar coisas nas nuvens não me parece uma boa ideia. Imagina um avião vindo na direção desses arquivos", disse uma autoridade portuguesa que preferiu não se identificar.

Segundo o informe, a Apple precisa informar como vai manter os dados voando. "Se prenderem em balões o risco será maior ainda", advertiu o relatório.

LANÇADA REDE SOCIAL PARA ADICIONAR PESSOAS QUE VOCÊ NÃO GOSTA TANTO ASSIM: O GOOGLE+OU -

O mercado de redes sociais não para de crescer, o Google acaba de anunciar mais uma tentativa de vingar no setor onde o Facebook e o Twitter dominam. A empresa acaba de divulgar o lançamento da rede social Google+ou-. Diferente da concorrência, o Google+ou- é assumidamente voltado para adicionar pessoas que você não gosta tanto assim. "Fizemos dessa forma para que o usuário não tenha o menor constrangimento em chamar de amigo uma pessoa que ele nem conhece direito", declarou o programador Ken Kurt. Ainda em fase de testes, o Google+ou- já está sendo conhecido pelos usuários da rede como "Orkut Personnalité".

OFERTA DE EMPREGO: TWITTER E FACEBOOK ABREM VAGAS PARA FISCAL DE PIADA

O Twitter e o Facebook estão abrindo oportunidades de emprego para os usuários das redes sociais. As empresas notaram uma alta taxa de desocupação entre os usuários e resolveram oficializar algumas atividades que já são praticadas regularmente. São 1650 vagas para fiscal de piadas no Twitter e no Facebook. Quem preencher a vaga ficará responsável por fiscalizar a originalidade, o timing e a graça das piadas.

Além de fiscal de piadas, o Twitter também está contratando direcionador de indireta, mensurador de vergonha alheia, revisor ortográfico e trollador sênior. Para concorrer a uma vaga não precisa se cadastrar, basta ficar o dia inteiro no Twitter e no Facebook e não fazer mais nada da vida.

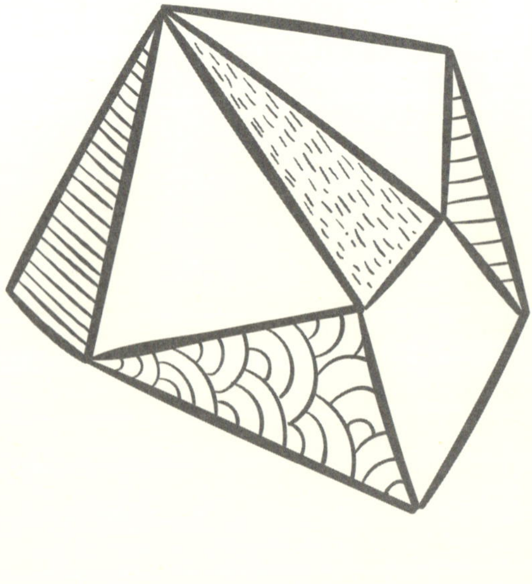

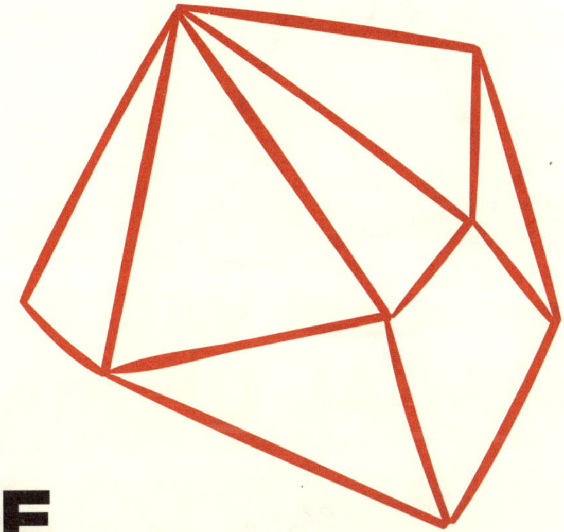

E-MAIL DE SOLIDARIEDADE QUE BILL GATES MANDOU PARA STEVE JOBS NÃO CHEGOU PORQUE WINDOWS TRAVOU

Um gesto de trégua na guerra tecnológica acabou não tendo um final feliz. Comovido com a aposentadoria compulsória de Steve Jobs, o dono da Microsoft enviou um longo e-mail para o velho rival. O e-mail, porém, jamais chegou. O Outlook travou.

No texto, Gates reconhecia finalmente que se inspirou no Mac OS para criar as janelas de seu Windows. A seguir, um trecho: "Fiz algumas mudanças, meu caro Jobs, e você deve concordar que tudo ficou muito melhor. Aquele botão 'iniciar' por exemplo, que o usuário clica para desligar, é único. Ninguém jamais pensaria em fazer um botão escrito 'iniciar' para desligar uma máquina, você há de reconhecer", escreveu Gates.

GOOGLE ANUNCIA VERSÃO DO GOOGLE EARTH PARA BOLSAS FEMININAS

O Google anunciou hoje que lançará uma versão de seu popular programa Google Earth apenas para encontrar objetos em bolsas femininas. Uma pesquisa do Google identificou que 95% dos homens sentem dificuldades de localizar até mesmo dinheiro dentro de bolsas. Segundo o Google, os homens perdem cerca de 12% de sua vida útil nessas buscas, que na maior parte dos casos era executada sem sucesso.

Pensando nisso, a empresa Google acaba de desenvolver uma versão compacta do aplicativo Google Earth para bolsas femininas. O usuário interage diretamente com todos os compartimentos dos mais variados modelos de bolsas femininas introduzidas no mercado.

"É impressionante a precisão deste aplicativo! Antes eu perdia cerca de 30 minutos procurando as chaves do carro dentro da bolsa. Agora com alguns cliques encontro a melhor rota, sem precisar passar pelo compartimento de absorventes e fio dental, até o caminho das chaves do carro", diz o usuário Robson Andrade.

O Google agora estuda uma outra versão, dessa vez para achar o ponto G.

MICROSOFT DIZ QUE WINDOWS 7 É TÃO SEGURO QUE SE DESTRÓI SOZINHO ANTES QUE QUALQUER VÍRUS O FAÇA

Após liberar uma atualização que supostamente causava problemas com o computador, a Microsoft veio a público dizer que é mentira que o Windows está passando por problemas. Segundo a empresa, o Windows 7 é inteligente e possui um sistema de segurança que permite a autodestruição antes que qualquer vírus o infecte.

Os usuários que tiveram o sistema autodestruído deverão não só agradecer, mas também pagar a quantia de 99 dólares para a empresa devido à utilização do sistema de proteção. Os usuários que se recusarem a efetuar o pagamento serão rastreados e cobrados tão logo sejam encontrados. A previsão de Windows 7 voltar a rodar é nula. Segundo Bill Gates, executar o Windows é deixá-lo disponível a vírus, é melhor que fique assim como está, é muito mais seguro.

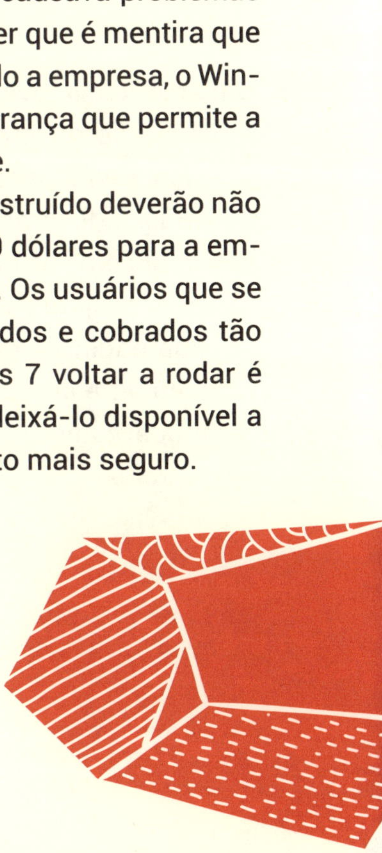

AMERICANO INVENTA O DIA SEM WHATSAPP E É JURADO DE MORTE

Um americano teve que mudar de estado e entrar para o programa de proteção do governo federal por uma causa que considerava justa. A.J., que pediu para não ser identificado, criou o dia sem WhatsApp e acabou sendo jurado de morte. "Eu queria que as pessoas conversassem mais em vez de teclar", disse ele.

O projeto começou no Facebook na segunda-feira. A.J. postou em sua página a proposta do manifesto e, cinco minutos depois, já recebeu uma ameaça na rede social. Sua casa foi pichada. "Tive que me mudar", afirmou A.J., que deu essa entrevista pelo WhatsApp.

VACA É ABDUZIDA POR DISCO VOADOR E APARECE EM CIMA DE POSTE

( ) Verdadeiro

( ) Falso

Verdadeiro. Não acredita? Então pesquise no Google esta manchete para descobrir.

NOVO IPHONE É TÃO RÁPIDO QUE AO SER COLOCADO NO BOLSO JÁ ESTÁ OBSOLETO

A Apple anunciou ontem novos iPhones. A novidade é o vermelho de raiva com o preço. O novo aparelho já vem com um leitor de impressões digitais, já que para comprar só roubando mesmo, aí você já toca o piano para ser fichado no próprio smartphone.

O novo iPhone é 40x mais rápido do que o primeiro, mas a bateria continua durando a mesma coisa. O iPhone também tem arquitetura de 64 bits, o que em termos leigos significa que ele é capaz de assobiar e chupar cana ao mesmo tempo. Além de, é claro, espremer cravos de sua namorada.

Outra novidade são as capinhas. Você pode usar uma capinha de celular xing ling para disfarçar seu iPhone e andar com ele no Brasil sem ser assaltado.

FACEBOOK PERMITE COMENTĀRIOS EM POSTAGENS ANTES MESMO DE SEREM PUBLICADAS

Uma novidade do Facebook pretende revolucionar as redes sociais e a interação entre criadores de conteúdo e seguidores. Há algumas semanas o Facebook permite que postagens sejam comentadas antes mesmo que a publicação seja feita. Aos que ainda acham que a novidade não passa de um boato, basta conferir o número de comentários que uma fanpage possui mesmo quando a publicação foi feita "agora mesmo".

Por enquanto só as fanpages com mais de 500.000 fãs desfrutam do benefício, mas em breve todos terão acesso. Os usuários podem agendar seus comentários nas configurações da página que segue e, assim que um post for feito, ele é publicado, independentemente do conteúdo, o que é ótimo para publicação de memes com Michael Jackson e com "Nêgo". Para liberar sua fanpage basta ir em Configurações/páginas/liberar comentários pré-postagens. Agora basta aderir à moda dos comentários sem sentido feitos assim que a publicação entra no ar porque já estavam previamente programados.

ENTRAR NO GRUPO DE WHATSAPP E DIZER QUANTAS MENSAGENS FICOU SEM LER NÃO DIMINUI CONVERSA, DIZ ESTUDO

Um estudo do Núcleo de Pesquisas da América Latina (Nupal) revelou que entrar em grupos do WhatsApp para reclamar do número de mensagens não faz a conversa diminuir, muito pelo contrário, adiciona ainda mais uma mensagem na conversa. O estudo foi minucioso: três físicos noruegueses acompanharam 72 grupos de WhatsApp, e toda vez que um atrasado reclamava das mensagens, outra conversa se desenrolava sobre a reclamação, aumentando ainda mais o número de mensagens.

A recomendação dos físicos diante do fenômeno é interessante: "A pessoa tem sempre a opção de não ler, pode parecer obrigatório, mas não é. 23 cobaias foram usadas em testes e nenhuma morreu ou sofreu algum dano por ficar sem ler as mensagens." Segundo o psicólogo Jostein Hasselgard, reclamar do número das mensagens pode ser também uma espécie de carência: "é a forma como a pessoa abdica das mensagens anteriores e chama a atenção para si".

FALHA NA FUNÇÃO "OCULTAR ATUALIZAÇÕES" DO FACEBOOK FAZ HOMEM DESCOBRIR QUE PAIS AINDA ESTÃO VIVOS

Uma falha de um software pode reunir uma família? No caso do publicitário Bruno Bocce, sim. Logo que os pais entraram no Facebook, Bruno bloqueou e ocultou todos os posts dos pais. "Você sabe como é velho no Facebook, né, quando eu vi só parecia uma corrente de e-mail: era gente desaparecida, convite pra fazendinha, foto de cachorro atropelado e mensagem de autoajuda na minha timeline", diz.

Com o tempo e a correria do dia a dia, Bruno acabou esquecendo que tinha pais. "Juro, eu não lembrava. Aí um dia, bum, apareceu na minha timeline aquele rosto conhecido... Chorei na hora. Era meu pai. Eu havia reencontrado meu pai. E logo depois, outra pancada. Minha mãe. Foi um reencontro lindo. Até fiz uma selfie na hora pra registrar. Até porque voltei a bloquear logo depois, né?"

"DOU PRA QUALQUER HOMEM QUE SAIBA USAR A CRASE"

"Meu nome é P. e tenho 39 anos. Gostaria de estar casada, ter ao menos dois filhos e uma vida pacata. Mas nasci com um vício: tesão em homem que sabe usar a língua. A Língua Portuguesa. Desde pequena, na escola, eu deixava de lado os amigos bonitos e me esfregava nos colegas cheios de espinhas que sabiam conjugar corretamente os verbos irregulares. Meu primeiro orgasmo foi quando C., no primeiro ano do ensino médio, naquela época segundo grau, conjugou corretamente o mais-que-perfeito do verbo ser. Impecável. Irresistível.

O problema é que nunca coincidia de um rapaz que sabia Português gostar de mim. Acabei namorando F. por muito tempo. Ele ao menos falava direito. Mas, na hora de escrever, sempre esquecia o acento diferencial do têm e do vêm no plural. Isso me corroía por dentro. Acabei traindo F., que era um deus grego, com o magrelo e vesgo G., que jamais escrevia assistir, no sentido de ver, sem usar a preposição após o verbo. F. descobriu e me deu um pé na bunda. Ele não era mesmo pra mim!

A mudança ortográfica mexeu com meu coração. Eu já não conseguia mais entender como funcionava o meu desejo. Não sabia se me sentia atraída por quem escrevia vôo ou voo. Tentei me controlar. Fui ao psicólogo. Mas saí porque ele falava "seje" e "resistro". Como me tratar ali?

Há um ano, eu estava casada com A. Um homem bom, elegante, inteligente, que fazia tudo por mim. Eu estava muito feliz, pensando em ter filhos, mas um dia ele me escreveu uma carta, que começava assim: "Nos conhecemos a dois anos e eu...". A grafia incorreta do verbo haver me deixou frígida por algum tempo até que conheci Z, um colega novo da repartição. Já na primeira semana, pegou um recado pra mim quando eu estava no banheiro. No papel, estava escrito: "Tua mãe telefonou e pediu que tu leves o documento à loja de tua tia". Diante da perfeição da concordância da segunda pessoa do singular e, principalmente, da crase bem colocada, me apaixonei perdidamente por ele e larguei A.

Mas, infelizmente, Z. não gosta de mim. Está noivo da recepcionista do segundo andar, que tem longas pernas, seios enormes e diz "a gente almoçamos".

Que destino cruel o meu!"

ENTRETENIMENTO

PARTICIPANTE ENTRA NA CASA DO BBB SEM GRITAR "UHUUU" E É ELIMINADO NA HORA

A alegria por ter sido escolhido para participar do Big Brother Brasil durou pouco para o promotor de eventos curitibano Charles dos Santos, de 31 anos. Assim que os participantes do reality show entraram na casa para dar início a mais uma competição, todos pularam e gritaram "uhuuu" – menos ele. Resultado: foi automaticamente eliminado. "Quando o diretor falou no meu ponto eletrônico que eu devia sair pela porta que tinha acabado de entrar, não acreditei", conta.

Charles ainda tentou apelar, alegou que estava com dor de garganta e também que gritou muito baixo. Mas a produção do BBB foi rígida e não aceitou as desculpas. Charles pensa em entrar na Justiça. "Se eu conseguir levar esse processo à frente, vou acabar ganhando mais visibilidade e até mais dinheiro do que muita gente que está na casa", afirma.

FESTAS DO RIO E DE SÃO PAULO TERÃO LISTA OFICIAL DE PENETRAS NA PORTA

Devido ao número de eventos concorridos no Rio e em São Paulo, foi aprovado um projeto de lei que obriga a organização das festas a ter listas de penetras na entrada, além das de convidados. "Neste momento de proliferação de subcelebridades, é necessária uma regulamentação dos direitos dessas pessoas", diz Herbert Lopes, presidente do Movimento dos Sem-Convite da Região Sudeste.

QUARTETO FANTĀSTICO ANUNCIA QUE TOCHA HUMANA SERĀ CREMADO

O Trio Fantástico anunciou hoje que o Tocha Humana será cremado em cerimônia íntima. O Quarteto passou a se chamar Trio depois que seu quarto membro, o Tocha Humana, morreu. "Lamentamos a morte de nosso companheiro de tantos anos", disse o Coisa. Vizinhos disseram que o Coisa não se emocionou tanto quanto parece em público. "Ele é frio como uma pedra", disse um conhecido do quarteto. Tocha estava passando por um momento difícil em sua carreira, desde que foi acusado de incendiar carros no Rio de Janeiro. Nos últimos anos o Quarteto Fantástico tem enfrentado uma queda nas vendas de suas revistas em quadrinhos. O Homem Elástico chegou a ser acusado de passar cheques borrachudos no mercado. A Mulher Invisível não foi vista na coletiva que anunciou a cremação.

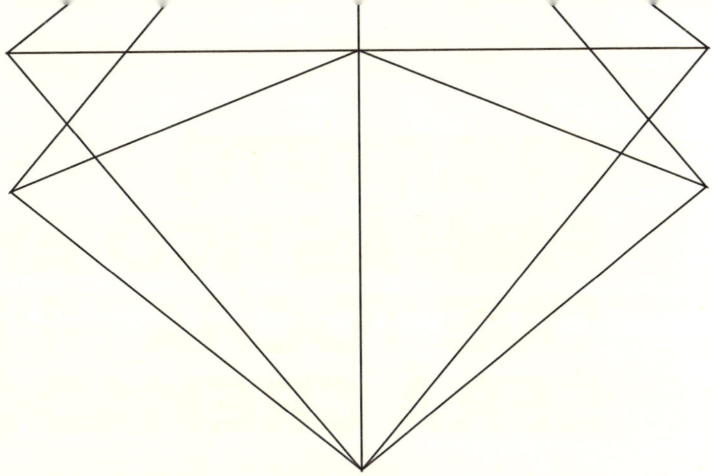

FUNCIONĀRIO QUE FALTOU 167 VEZES NUM ANO POR DOENÇA GANHA OSCAR DE MELHOR ATOR

O estoquista Antônio Carlos Silveira, de 29 anos, foi o grande vencedor do Oscar de melhor ator. Ele faltou 167 vezes ao trabalho durante o ano passado alegando estar doente. A interpretação de Antônio foi tão convincente que ele conseguiu simular até mesmo uma parada cardíaca em pleno expediente. "É um fenômeno. Muitos não conseguem nem mesmo chorar, ele é capaz de parar o próprio coração. Antônio tem controle completo sobre todos os músculos de seu corpo", disse o chefe do posto médico da empresa, Saulo Siqueira.

Antônio só foi desmascarado depois que uma colega pôs no Orkut uma foto com Antônio num pagode, quando ele deveria estar numa UTI. Antônio estreou no tapete vermelho, mas ganhou um bilhete azul.

APERTAR MAIS FORTE O CONTROLE REMOTO NÃO RESSUSCITA PILHAS QUE ACABARAM, DIZ ESTUDO

O hábito de apertar mais fortemente as teclas do controle remoto não faz as pilhas ressuscitarem. A informação foi divulgada hoje pelo instituto Nupal, que fez um levantamento em 1800 casas em todo o Brasil. De acordo com o Nupal, 98% das pessoas insistem em apertar o controle na esperança de que ele volte a funcionar sem pilhas, em vão. "Isso equivale a pisar mais forte no acelerador do carro quando a gasolina acaba, o que evidentemente não funciona", disse o diretor do Nupal Alexandre Santos. O Nupal constatou ainda que 3% dos controles remotos são quebrados na manobra. Outros 2% são arremessados contra a parede. Mas há esperança para aqueles que querem seu controle de volta. Bater com o controle no joelho daria uma sobrevida de dois milissegundos. Tempo suficiente para... nada.

CELEBRIDADES SAINDO DO TWITTER DEIXAM SITES DE FOFOCA SEM ASSUNTO

A onda de celebridades abandonando o microblog está provocando um efeito colateral inesperado. Sites de fofocas estão ficando sem assunto e demitindo funcionários. Nos últimos meses, esses sites contrataram pessoas para reproduzir e repercutir tweets de famosos. "Sem a matéria prima jornalística não temos por que ter tantos funcionários", disse um diretor de redação de site, que não quis se identificar. Na semana passada a modelo Antonia Silveira foi mais uma que saiu da rede social. Ela deixou um post de despedida, citando Alexandre Frota: "Só tenho três palavras a dizer: fui, tchau".

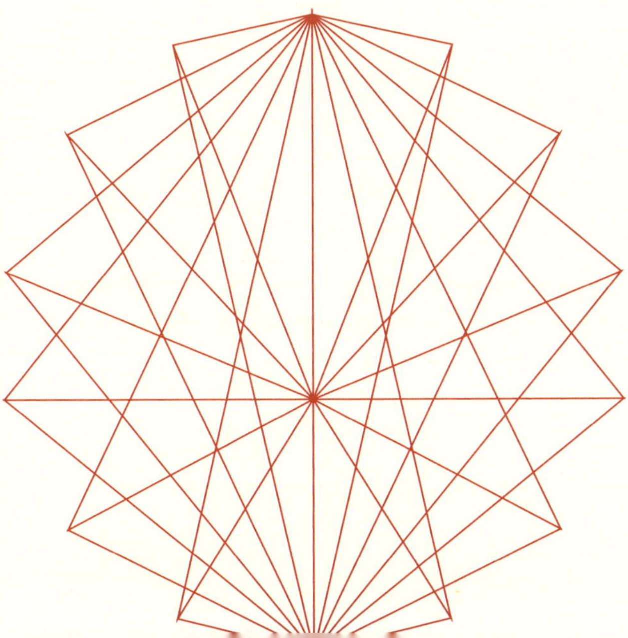

OZZY OSBOURNE MORDE CABEÇA DE AEDES AEGYPTI PARA PROMOVER SHOW NO RIO

O príncipe das trevas lembrou os velhos tempos de Black Sabath e voltou a devorar bichos no palco. Para promover seu show no Rio de Janeiro, Ozzy, que está em turnê pelo Brasil, arrancou a cabeça de um Aedes aegypti, o mosquito da dengue. Informado por assessores de que deveria arrancar a cabeça de coisas típicas de cada lugar da turnê, Ozzy mandou cancelar imediatamente os shows de Pelotas e Campinas.

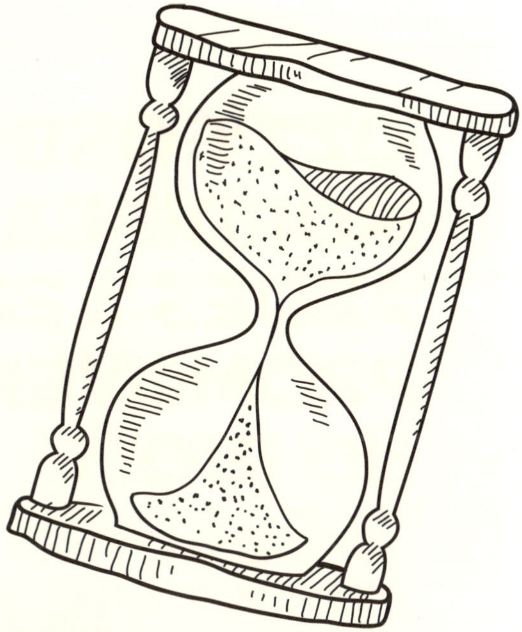

SEMANA SANTA: ESTREIA NOS CINEMAS FILME PORNÔ DE HOMEM COMENDO PEIXE

Os japoneses não se cansam de surpreender o mundo com suas taras. A novidade nos filmes pornô é a história de um homem que, na semana santa, come um peixe. A relação sexual entre um homem e um peixe é a primeira na história do cinema. No filme, o personagem principal é apaixonado por um peixinho dourado mas, não correspondido, passa o tempo comendo piranhas. O filme serviu para alçar o ator pornô à fama. Ele foi escolhido por causa de suas dimensões reduzidas, capazes de penetrar em peixinhos. Ki Pequi Ninin entrou para o Guinness.

LEI PROÍBE CELEBRIDADES DE USAR AS PALAVRAS "GRATIFICANTE", "PROJETO" E "DESAFIO" EM ENTREVISTAS

Preocupado com a falta de diversidade do vocabulário da população brasileira, o Ministério da Cultura elaborou uma lei que proíbe celebridades e subcelebridades de usar palavras como "gratificante", "projeto" e "desafio" em suas entrevistas. A lista de clichês, repetidos exaustivamente, contribuiria para a estagnação da linguagem oral dos brasileiros. O setor de Empobrecimento Cultural Nacional do ministério fez um levantamento sobre o assunto e concluiu que a repetição dessas palavras torna-se ainda mais prejudicial porque este tipo de celebridade está sempre nas notícias mais lidas da internet no Brasil.

Empresários dos famosos prometem entrar na Justiça contra a nova lei, que eles consideram inconstitucional. Alguns temem que seus clientes fiquem mudos nas entrevistas. Mas o governo está firme na decisão e promete aumentar a lista. Entre as possibilidades, está a proibição de expressões como "estamos nos conhecendo" e "meu maior defeito é ser perfeccionista".

GLOBO EXIBE REPRISE DE SHOW DE ROBERTO CARLOS E NINGUÉM PERCEBE

Um erro do operador de plantão provocou uma situação inédita na TV brasileira. Pela primeira vez uma emissora exibiu uma reprise, mas ninguém percebeu. O show de Roberto Carlos que passou ontem foi o mesmo do ano passado. Roberto abriu cantando *Emoções*, usando o mesmo cabelo, a mesma cor e o estúdio tinha a mesma iluminação. As músicas foram as mesmas. Só os mais atentos repararam que o show era o mesmo.

Agora começa a circular nas redes sociais um boato de que na verdade só existiu um único show de Roberto Carlos, que vem sendo reexibido exaustivamente desde então, sempre na época de Natal. A história ganhou força por causa de uma idosa que se reconheceu na plateia. "Na época que eu fui a esse show eu era adolescente", disse ela.

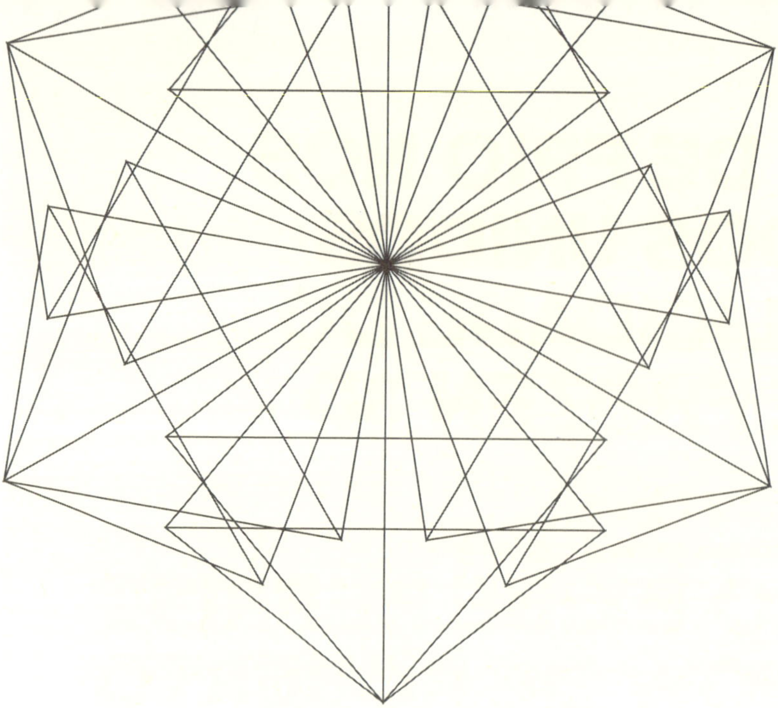

CARLA PEREZ VIRALIZA NAS REDES APÓS ESCREVER CERTO NO TWITTER

A ex-dançarina Carla Perez virou motivo de chacota nas redes sociais após escrever "escola" com e. A baiana, que se dedicou nos últimos anos à tarefa de ser mãe, reaprendeu a escrever algumas palavras com os filhos em idade escolar.

"Não intendi o deboxe", escreveu, no entanto, a eterna musa do É o Tchan após verificar a repercussão do acerto gramatical entre os internautas, acalmando os fãs que pensaram que ela havia enlouquecido.

ONDA DE FRIO NOS ESTADOS UNIDOS É PUBLICIDADE DO FILME FROZEN 3D

Milhões de americanos estão congelando em várias cidades do país por causa de onda de frio antecipado de outono. A loja da Macy's de Nova York sofreu saques durante toda a última madrugada, por gente em busca de casacos. A maior preocupação das famílias é se o peru de Ação de Graças vai descongelar a tempo.

Mas o que os americanos descobriram agora é que as temperaturas baixíssimas são uma peça publicitária do novo produto da Disney: o desenho Frozen – maior sucesso de todos os tempos – agora em 3D. Ou seja: o inverno antecipado chegou aos EUA, mas os pais do mundo inteiro entraram numa fria.

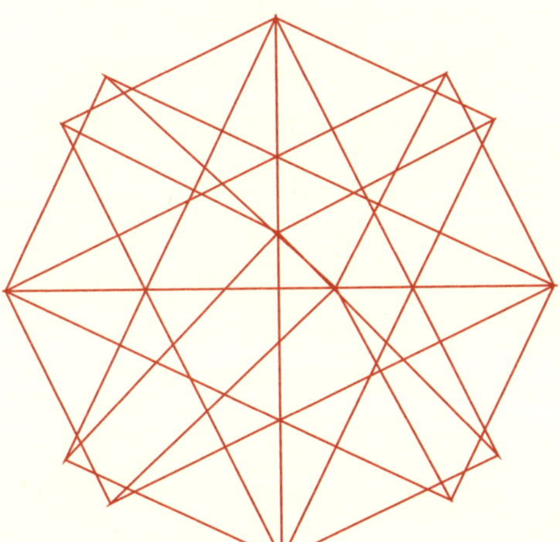

CONSUMIDOR VIRA PIANISTA CLÁSSICO DEPOIS DE 83 HORAS OUVINDO MÚSICA DE ESPERA DA NET

Geraldo de Souza Ramos, 43 anos, está com um concerto marcado para o próximo dia 5 no Teatro Municipal do Rio de Janeiro. Fará um lindo solo de piano, junto com a Orquestra Sinfônica Brasileira. Inicialmente, porém, o objetivo dele era um outro conserto. ConSerto com S. Há duas semanas, Geraldo telefonou para a NET para reclamar de seu sinal e de sua internet, que estavam podres. Ficou ouvindo horas e horas, dias e dias, a musiquinha de espera. Resultado: aprendeu a tocar piano de ouvido!

Agora famoso pianista clássico, Geraldo vai correr o mundo divulgando sua música. Na casa dele, porém, o sinal e a internet ainda estão podres.

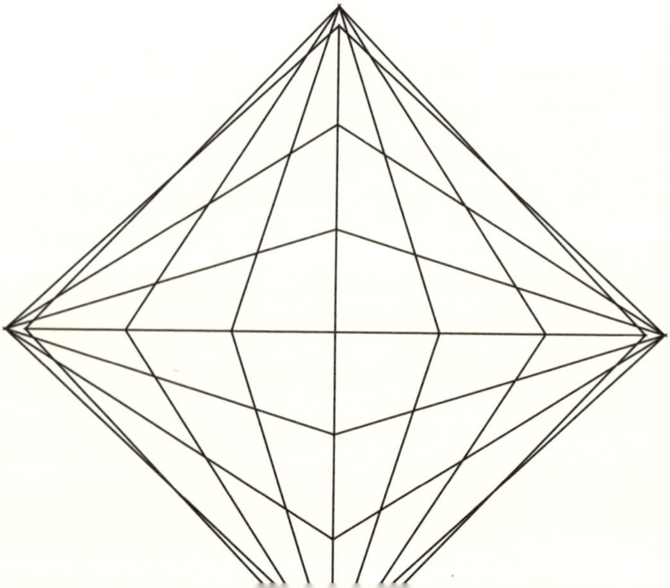

FÃ DE SÉRIES ENTRA EM COMA INDUZIDO PARA SER ACORDADO EM FEVEREIRO

O viciado em séries Zeca Taylor, de 27 anos, tomou uma decisão considerada polêmica: ele pediu para entrar em coma induzido e só ser acordado em fevereiro, quando voltam as temporadas de séries como *The Walking Dead* e *House of Cards*. Taylor declarou que sofre de uma ansiedade profunda e que não aguentaria esperar até fevereiro para a volta de suas séries favoritas. Questionado se ele não tinha medo de não voltar do coma, ele respondeu: "se não voltar do coma eu espero voltar da morte como o Jacob de *Resurrection*. Ou como um zumbi...".

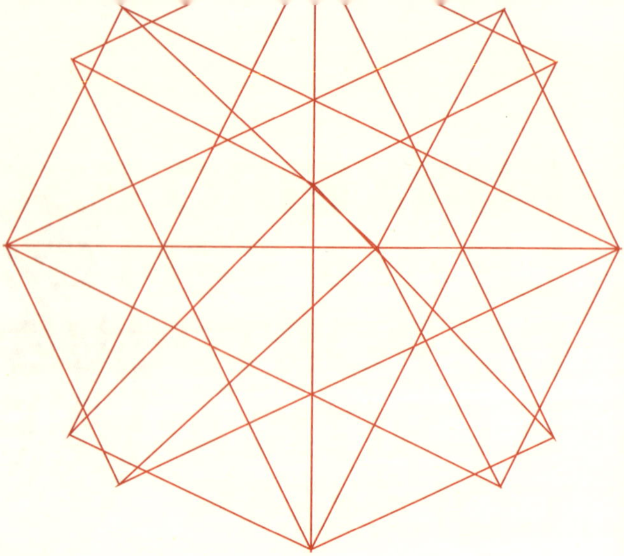

ARGENTINOS PENSAM EM LANÇAR PRIMEIRO FILME SEM RICARDO DARÍN

O cinema argentino está bem próximo de uma revolução como nunca antes vista no país. O Ministério da Cultura ofereceu um prêmio de três milhões de pesos para quem conseguir desenvolver o primeiro filme argentino sem a participação de Ricardo Darín. A medida dividiu o congresso: "Se não tem Ricardo Darín não é filme, não é cinema, logo, não tem sentido."

Os que pensam que Darín será prejudicado com a medida, se enganam. Ele irá faturar cinco milhões de pesos para não fazer o filme: "Não sei como é ficar em casa, eu estou acostumado a ficar só no estúdio gravando 365 dias do ano." O Ministério da Cultura disse que a medida é inspirada na França: "Lá, eles fizeram o mesmo com o Gérard Depardieu e deu supercerto."

FUNKEIRO ESCREVE LETRA SEM ERRO DE PORTUGUÊS E É CRITICADO POR COLEGAS

Um funkeiro capixaba da cidade de Cachoeiro de Itapemirim está causando polêmica no mundo do funk. MC Rubem escreveu e gravou uma letra de funk sem nenhum erro de português e acabou sendo duramente criticado por colegas.

"Não tem nenhum erros de concordância, os plural tudo certinho. Me desculpa, mas isso não é funk", declarou MC Zorza, um funkeiro local. Em sua defesa, MC Rubem disse que não quis ofender os colegas e que apenas está lançando um novo estilo, a gramática ostentação.

OS MAIORES CLICHÊS DE DISCURSO DE PREMIAÇÃO

"Esse papel foi um presente do autor pra mim"

"Foi um desafio enorme na minha carreira"

"Ai, gente, não tô acreditando, me belisca!"

"Ei, mãe, eu consegui!!"

"Agradeço primeiramente a Deus"

"Queria dividir o prêmio com meus concorrentes, que são maravilhosos"

"Isso aqui é para quem não acreditou em mim e disse um dia que eu era feia"

"Queria agradecer a minha esposa por entender a minha ausência"

"Devo tudo ao meu professor de teatro da escola" ... (chora e não consegue dizer nada)

CONHECE CLICHÊS PIORES?

ENTÃO ACRESCENTE Ā LISTA

____

____

____

____

____

____

SPOILER: JOVEM AGRIDE AMIGO QUE REVELOU QUE STEPHEN HAWKING FICAVA TETRAPLÉGICO

Nesta noite de sábado, 21, no Rio de Janeiro, o menor J.S.P. deu entrada no hospital Salgado Filho, no Méier, após ser agredido por seu amigo, R.L.T. Segundo a vítima, a agressão ocorreu após ter revelado que Stephen Hawking ficava tetraplégico em *A Teoria de Tudo*.

A vítima já tinha sido ameaçada ao falar o final de *Titanic* e *A Paixão de Cristo*.

"Eu nunca imaginei que revelar um fato real poderia ser encarado como spoiler. Ele já tinha me ameaçado outras vezes, quando eu contei que o *Titanic* afundava e quando revelei que Jesus morria e ressuscitava em *A Paixão de Cristo*", falou a vítima. O agressor se defendeu: "Eu parei de ler livros de história justamente porque eles estavam dando spoilers sobre muitos filmes, bati nele e acho que foi pouco, tinha que ter apanhado mais".

Stephen Hawking riu ao saber do caso e explicou que o que ele tem não é tetraplegia, mas esclerose lateral amiotrófica.

Muitas pessoas spoilerfóbicas estão descontentes com a leva de filmes desse ano. Juliana Mendes Aguiar, líder de um grupo de apoio à spoilerfobia, explicou à nossa equipe: "Tá demais, *Sniper Americano, Selma, A Teoria de Tudo, Jogo da Imitação*... Só tem refilmagem da história, sorte que a maioria dos brasileiros não sabe nem quem foi Luther King, imagina Alan Turing".

O principal alvo dos spoilerfóbicos têm sido as ciganas. Segundo dados da Polícia Militar, semana passada três ciganas foram espancadas nas proximidades do Campo de Santana, Centro, após tentar dar spoilers sobre a vida das pessoas: "É uma situação muito grave, o mundo está se dividindo entre as pessoas normais e os spoilerfóbicos", revelou o Tenente Barros.

Segundo Sérgio Rodrigues, escritor, autor de O Drible, os finais têm sido tão valorizados que ele já pensa em lançar um livro apenas com final: "Será uma nova experiência ficcional, várias páginas em branco até chegar na última com texto. De que adianta escrever duzentas páginas de narrativa se as pessoas só querem saber do que está no fim?"

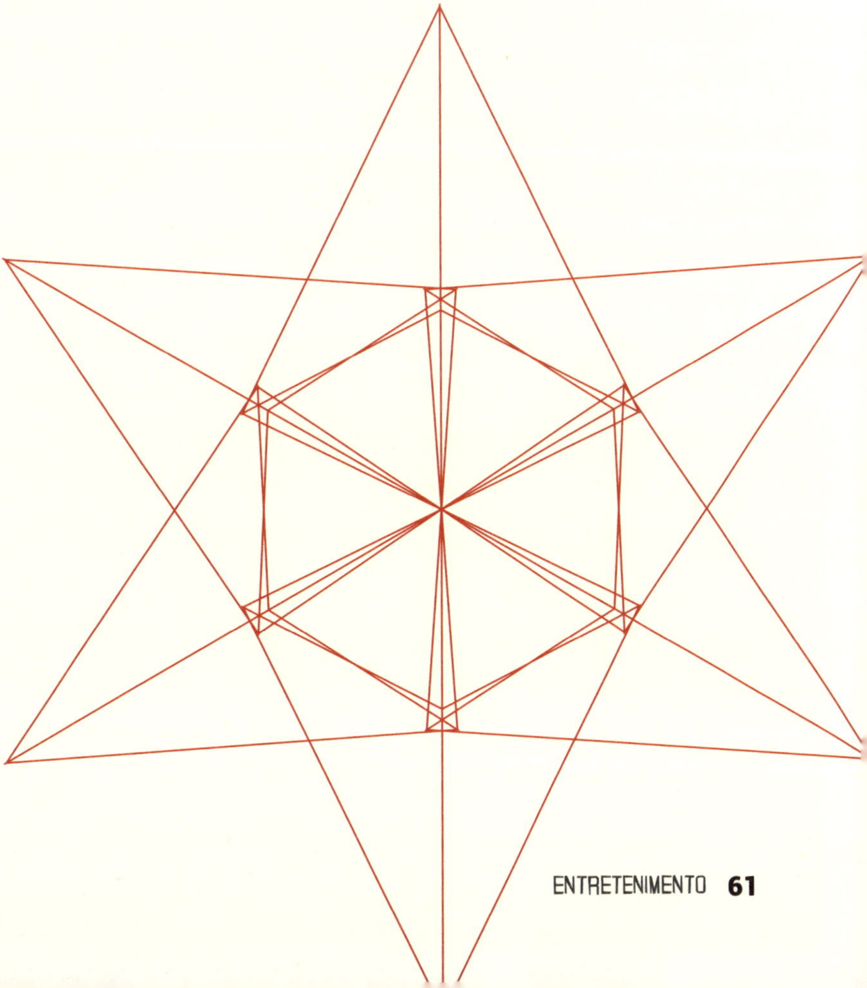

ESTUDO APONTA QUE ATRÁS DE UM GRANDE HOMEM SEMPRE HÁ UMA MULHER BAIXA SENTADA NO CINEMA

Especialistas da *Universidad General de Salamanca* publicaram um estudo que indica que, diferente do que sempre se pensou, atrás de um grande homem não há sempre uma grande mulher, muito pelo contrário: "atrás de um grande homem, sempre tem uma baixinha no cinema que não consegue ver o filme".

O estudo revelou que os opostos se atraem, sendo assim, sempre que tiver uma baixinha sentada, um altão sentará a sua frente, e sempre que um altão estiver sentado, uma baixinha ficará com o lugar de trás. "Não adianta fugir, é uma conspiração universal, a matemática determina isso", disseram os cientistas.

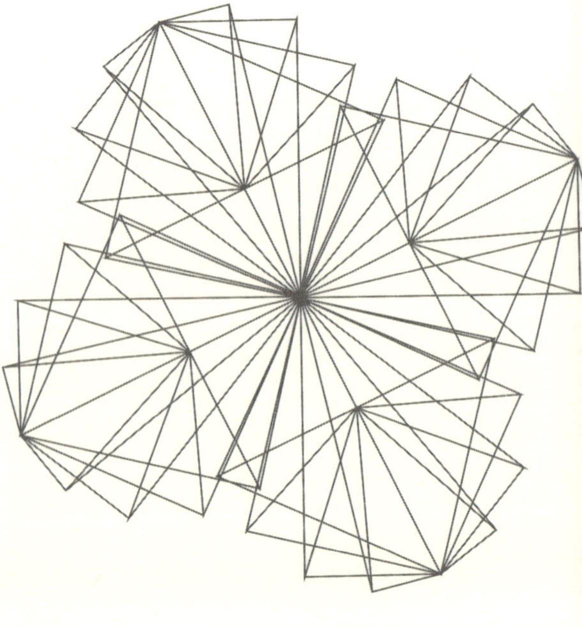

PESQUISADOR APROFUNDA REVOLUÇÃO NO CINEMA 3D E INVENTA O TEATRO

O pesquisador norte-americano James Francis Henriksen promete revolucionar o mundo das artes com sua mais nova invenção, que está sendo chamada até agora de teatro. Segundo Henriksen, é a radicalização do cinema 3D, indo, inclusive, além do cinema 4D e explorando ao máximo as experiências sensoriais: "acreditem, se um ator peidar em cena é possível sentir o cheiro", afirmou.

Alguns críticos e opositores de Henriksen afirmaram que o teatro já existiu e que foi uma arte que esteve em voga até o século XX. Porém, como o teatro não era filmado, não há como comprovar que, de fato, ele existiu e que não se trata apenas de um mito, como Atlântida. Os primeiros ingressos para a primeira obra de teatro já esgotaram e foram vendidos por cerca de mil dólares cada. Os cineastas temem que o teatro possa acabar com o cinema.

LIVRO DE COLORIR DE ROMERO BRITTO É INTERDITADO PELA SAÚDE PÚBLICA

A Saúde Pública removeu de todas as livrarias o livro de colorir do Romero Britto, intitulado "Floresta Louca de Romero Britto". Segundo nota, os livros causavam transtornos mentais, além de ser um atentado ao bom gosto.

Romero Britto protestou contra a censura: "Na França há vários livros desses, tanto que faço meus quadros pintando-os e arrancando a página." Vários intelectuais e artistas se organizaram para apoiar Britto e lutar contra a censura no Brasil. Carla Perez estava entre eles: "Eu amo ler Romero Britto, já li todos os livros dele e o de colorir é o máximo, pois você participa da leitura."

EDITORA SURPREENDE E LANÇA LIVRO QUE É SÓ PARA SER LIDO

Após o sucesso dos livros para colorir, rabiscar, amassar, rasgar etc. uma editora de São Paulo resolveu surpreender apostando na tradição. Pela primeira vez em meses ela lançou um livro que é só para ser lido, nada além disso.

O livro "Somente para seus olhos", da autora Martha Fernandes, é um romance de 200 páginas e inova ao tentar prender o leitor somente com texto. "Uma aposta ousada", declarou o crítico literário Marinho Louzada em seu blog.

A editora espera voltar a vender livros só para serem lidos, mas entende que enfrentará um mercado competitivo pela frente e tem uma carta na manga: "Caso os livros para serem lidos não vinguem, aí vamos lançar os livros pra quem só sabe ler as figuras. Vai ser sucesso!"

BANCO IMOBILIĀRIO TERĀ CRĒDITO PARA NEGATIVADOS E GANHA NOVAS PEÇAS: FORCAS

A ideia de que quem está financeiramente com a corda no pescoço pode pedir ainda mais empréstimos está tão difundida em nossa sociedade que a indústria que produz o jogo Banco Imobiliário resolveu inovar: para se adaptar à realidade, agora terá nas novas regras a possibilidade de continuarem no jogo aqueles cujo dinheiro e patrimônio já chegaram ao fim. O jogador já perdeu tudo, mas, em vez de abandonar a partida, ganhará uma pequena forca e se manterá no jogo, recebendo dinheiro a juros estratosféricos.

"É importante que jogos se adaptem à realidade contemporânea", argumenta Luca Vidal, que trabalha junto ao fabricante. Segundo ele, as novas regras trouxeram também mais emoção à brincadeira. "O momento em que o jogador é enforcado tem sido o mais divertido", afirma.

FENÔMENO DAS PESSOAS QUE DIALOGAM COM O FILME NO CINEMA INTRIGA A CIÊNCIA

Filme de terror. O personagem anda pelo corredor e vê um quarto escuro. Faz que vai entrar. No cinema, ouve-se uma voz: "Ah, jura que você vai entrar??". O personagem entra e olha em volta, desconfiado. A mesma voz: "Olha debaixo da cama, caramba!". O personagem abre o armário vagarosamente. A voz não se detém: "Ah, lá vem o susto!". O personagem leva um susto e sai correndo. A voz sussurra: "Te falei, cara!".

Pessoas que dialogam com o filme nos cinemas já são uma constante. Seriam solitárias? Provavelmente não, porque na maioria das vezes estão acompanhadas e as pessoas a seu lado também costumam comentar o filme, como Júnior ou Casagrande comentam jogos de futebol. Seriam solidárias? Não, porque personagens de filmes não escutam a plateia. Seriam loucas? É uma possibilidade forte. Seriam adultos infantilizados? Sim, porque na maior parte das vezes não são vozes adolescentes, mas de adultos, alguns até bem maduros.

Cientistas, intrigados com o fenômeno, já organizaram grupos de estudos e estão indo aos cinemas procurar essas pessoas para entrevistá-las depois. Uma forte suspeita é a de que seriam apenas mal-educadas, já que cinemas não são o sofá de casa e sim um lugar público onde deve imperar o silêncio.

ATRIZ DA NOVELA DAS SETE É FLAGRADA FAZENDO NADA

Os sites de celebridades estão em polvorosa desde que a atriz da novela das sete que é irmã da amiga da mãe da protagonista e ex-namorada do ator que fez uma participação em Malhação em 1999 e agora é astro de filmes eróticos e ataca de DJ em festas de ex-BBBs foi vista não fazendo nada. O flagra foi forte: ela realmente não fazia absolutamente nada, embora tenha surpreendido ao deixar parte do seio esquerdo à mostra.

A atriz, que espera novos desafios, foi fotografada por um paparazzi ao não fazer nada enquanto esperava outros paparazzi chegarem para flagrá-la, já que havia telefonado para duas revistas de celebridades e avisado da bomba que estava por vir.

A assessoria de comunicação da atriz já avisou que por volta de duas da tarde ela dará uma coletiva para explicar seu gesto, mas antes deverá ser flagrada bebendo água saindo da academia e comprando produtos sem glúten num supermercado da zona sul.

DISNEY PREPARA FESTA PARA MICKEY E PATETA ASSUMIREM RELACIONAMENTO

Assim que o casamento entre seres do mesmo sexo foi liberado em todos os estados americanos, os preparativos na Disneyworld começaram. Serão sete toneladas de bolos, cinco de doces e muitos, muitos pirulitos para a cerimônia do ano no mundo mágico: o casamento de Mickey e Pateta. Há 50 anos, os dois personagens aguardam o momento certo para sair do armário e assumir seu relacionamento. Mas no Estado da Flórida, onde fica Orlando, este não era permitido. Agora tudo mudou.

"Como uma empresa voltada para crianças, a Disney não poderia unir os dois personagens sem que isso pudesse ser realmente oficializado. Agora eles podem realmente casar e constituir família", diz Penny Smith, uma das diretoras dos parques.

Minnie já avisou que não vai comparecer.

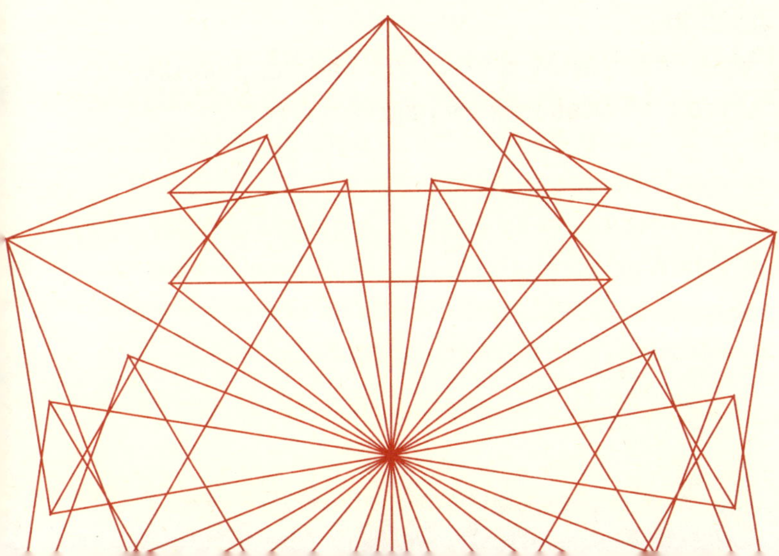

AGÊNCIA DE VIAGENS OFERECE PACOTE ECONÔMICO PARA VOCÊ FINGIR QUE FOI À DISNEY

A forte alta do dólar provocou queda nas vendas dos pacotes turísticos com destino à Disney, um dos grandes filões do mercado de turismo do Brasil.

Mas a criatividade de uma agência de turismo de São Paulo está dando um drible na crise. Sabendo que hoje o que importa mesmo é mostrar felicidade nas redes sociais, os donos da agência estão vendendo um pacote superpopular com uma falsa ida à Disney. O pacote compreende: foto dos tickets, orelhinhas de Mickey para as crianças, autógrafo dos personagens e até antena de carro do Mickey para ostentar pros vizinhos.

A agência ainda não revela o preço do pacote, mas garante que pode ser parcelado em várias vezes e pago em real.

CONTROLE REMOTO É FINO SÓ PARA ENTRAR NO MEIO DO SOFÁ, ADMITE CRIADOR

O criador do controle remoto finalmente admitiu algo que muita gente já desconfiava. Adam Smith disse ontem que fez o seu invento fino só para se divertir indo na casa dos amigos e vendo-os procurar o controle que se perdeu entre as almofadas do sofá.

"A Sony pediu que eu fizesse algo mais anatômico, que encaixasse melhor na mão. Mas eu insisti que ele deveria ser pequeno e bem fino, que as pessoas iam gostar mais. Aleguei também uma questão técnica que ninguém entendia e ele acabou ficando assim. Até hoje eu fico rindo com a situação", disse ele.

A revelação de Adam fez crescer as expectativas por novas confissões. Espera-se, por exemplo, que a qualquer momento parentes do inventor do cinema digam que a verdadeira intenção dele era vender pipoca a preços exorbitantes.

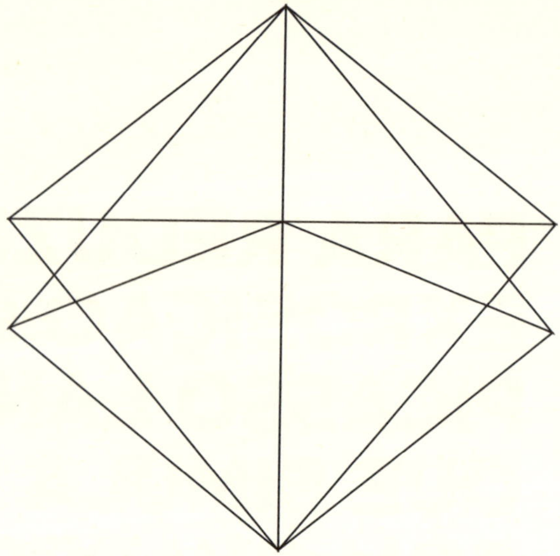

CALOPSITA QUE BEIJOU BRUNA MARQUEZINE ABRE SUA GAIOLA PARA CARAS

Famosa depois que apareceu beijando Bruna Marquezine, a calopsita Nikki resolveu abrir a sua gaiola e compartilhar sua intimidade com os leitores de Caras. A fama repentina tirou a calopsita do sério. "Espalharam que eu era uma periquita. Todo mundo sabe que Bruna não gosta de periquita", disse Nikki, pousada em seu poleiro favorito.

Nikki já estuda uma participação em *A Fazenda*. Adepta da alimentação natural, Nikki só come alpiste. Conta que conquistou Bruna porque sabe dar uma cantada como ninguém.

PARA REDUZIR FILAS, EXPOSIÇÃO DE PICASSO LANÇA APP QUE SIMULA SELFIE COM QUADROS

Com o objetivo de reduzir as longas filas que se formam em frente à exposição do pintor Pablo Picasso no Centro Cultural Banco do Brasil (CCBB) do Rio de janeiro, a organização resolveu inovar.

Eles lançaram o app "Picasse-se", que simula selfies do usuário com os quadros da exposição sem precisar ter realmente estado na exposição.

O aplicativo ainda virá com a opção de criar uma legenda automática para a foto, recheada de jargões da área.

"É uma mão na roda, agora não preciso mais ficar horas na fila para impressionar meus seguidores no Instagram", disse um usuário do app. "Só fiquei chateado de não ter o quadro da Monalisa, é o meu preferido desse artista", completou.

As filas foram reduzidas em quase 90%, o que agradou ao público que tinha real interesse em visitar a exposição. Mas desagradou a alguns, como o comerciante Aldeir da Silva, que vendia livros de colorir com os quadros do pintor, na porta do centro cultural.

BARBIE ODETE ROITMAN JÁ FERIU UMA MENINA E CEGOU OUTRA

Pais de todo o Brasil estão alarmados com a chegada ao mercado da Barbie Odete Roitman. Desde que a boneca apareceu, vários acontecimentos estranhos estão surgindo nas casas. Em Minas Gerais, uma menina teve cortes não explicados no braço. Em São Paulo, uma garota caiu misteriosamente sobre uma tesoura – e disse que escorregou na Barbie Odete.

O Procon já foi acionado e está analisando os casos. Mas o técnico do órgão que fazia os testes bateu com o carro e está hospitalizado. "Aparentemente essa boneca está mais para Anabele do que para Barbie", disse um técnico que preferiu não se identificar.

Mas o que chocou mesmo os investigadores foi um caso no Rio de Janeiro. Um Sr. Cabeça de Batata foi encontrado esquartejado.

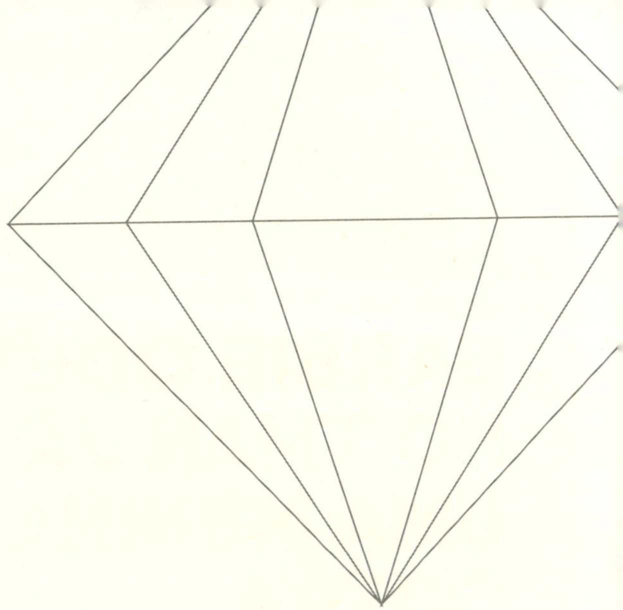

RESTAURANTE QUE IMPRIMIU SENHA DO WI-FI NO CARDĀPIO GANHA 5 ESTRELAS NO MICHELIN

Uma ideia simples elevou a categoria de um restaurante brasileiro. O Le Le, especializado em comida internacional, acabou ganhando cinco estrelas no Guia Michelin depois de imprimir em seu cardápio a senha do Wi-Fi. O dono do restaurante disse que jamais imaginou que isso aconteceria.

"Eu imprimi porque os garçons sempre esqueciam a senha e os clientes ficaram irritados", explicou Marcelo Pereira, afirmando que vai patentear a ideia. "Já que ninguém teve antes, ela pode ser patenteada, claro".

HOMEM VAI AO CINEMA E CONSEGUE LER LIVRO QUE DEU ORIGEM AO FILME DURANTE TRAILERS

O longo tempo de duração dos comerciais e dos trailers que são exibidos antes do filme durante a sessão de cinema é motivo de reclamação de muita gente. Não para o publicitário Jadilson Goulart, de Vitória-ES.

Jadilson aproveitou esse tempo para colocar a leitura em dia e devorou a trilogia *Hunger Games*, que dá origem à série de filmes *Jogos Vorazes*. Além dos livros, Jadilson ainda conseguiu assistir no celular um episódio de *Game of Thrones* e tirou um cochilo antes que o filme finalmente começasse a ser exibido.

FÃS DE DAVID GUETTA FAZEM HOMENAGEM COM 1000 PEN DRIVES LIGADOS EM CAIXAS DE SOM

Depois de mil fãs de Foo Fighters terem recriado a música "Learn to Fly" usando guitarras, baixos e baterias na Itália, fãs de David Guetta resolveram fazer uma homenagem semelhante ao famoso DJ.

Os fãs repetiram minuciosamente o processo de criação musical de Guetta: ligar uma caixa de som na tomada e espetar um pen drive com músicas.

"Foi muito difícil sincronizar todos os instrumentos", explicou um organizador do evento. "Alguns trouxeram o arquivo em mp3 e outros em wav, o que gerou alguma confusão no começo, mas acabou dando tudo certo como que por um milagre".

Algumas pessoas acabaram se confundindo e foram no evento achando que se tratava de uma tentativa de bater o recorde mundial de maior aula de aeróbica.

"Vim achando que era aula de spinning, depois me falaram que era musculação, mas quando eu estava indo embora me disseram que era uma rave mesmo, e aí resolvi ficar", disse a estudante Juliana Lima, que acha que engravidou no evento.

APÓS TRAIÇÃO A GISELE, DEUS FINALMENTE ADMITE QUE SEXO MASCULINO PRECISA DE RECALL

A notícia de que o jogador Tom Brady traiu Gisele Bündchen causou comoção no mundo inteiro.

O Vaticano emitiu uma nota em que o próprio Deus se manifesta. No texto, o Todo-Poderoso diz que está convencido de que o espécime masculino deu errado e que pretende fazer um recall. "Se um homem não se satisfaz apenas com uma Gisele Bündchen, então há algo de muito errado nessa versão", afirma o Criador. Todos os modelos serão recolhidos e substituídos.

O Vaticano faz segredo sobre o novo homem que será criado por Deus, mas especula-se que a próxima versão virá wireless, ou seja, sem conexão via cabo.

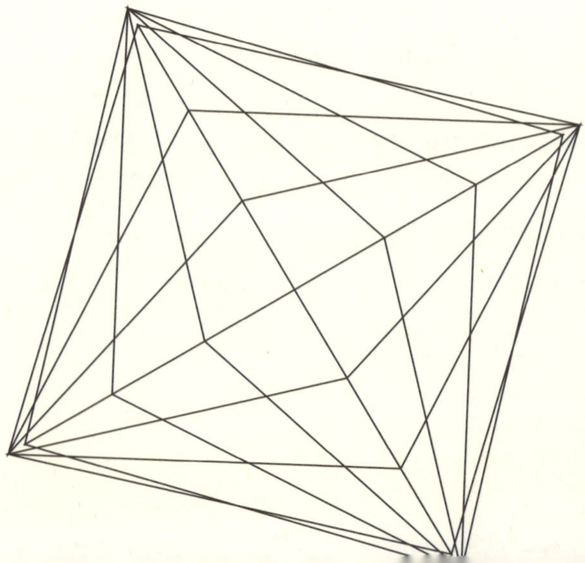

PROGRAMA DE CULINÁRIA QUE DÁ RECEITAS COM INGREDIENTES QUE O PÚBLICO TEM EM CASA FAZ SUCESSO NA TV

Depois de notar as constantes reclamações de telespectadores de programas de culinária, *Cozinha Popular* resolveu inovar e só dar receitas com ingredientes que o público tem em casa.

"Percebemos que todos os programas de culinária da TV só ensinam receitas com ingredientes que ninguém tem em casa. Então as receitas dadas nunca são feitas por ninguém. Aproveitamos essa brecha e criamos o *Cozinha Popular*", explicou Matheus Azevedo, criador do programa.

O programa foi muito bem recebido pelo público em sua estreia. "Adorei o programa. Eu assistia a programas de culinária todo dia e até hoje nunca tinha feito nenhuma receita. No primeiro programa do *Cozinha Popular*, eles ensinaram a fazer arroz sem ficar grudado. Segui as dicas e foi uma festa aqui em casa", elogiou Maria Joaquina Aragão, dona de casa.

Azevedo disse que teve a ideia após assistir a uma receita de risoto que pedia como ingrediente um pequeno fungo que cresce apenas nos pelos anais de babuínos africanos.

FÃ DIZ QUE ASSISTIU PROGRAMA DA XUXA AO CONTRÁRIO E VIU EDIR MACEDO COBRANDO DÍZIMO

O fã de Xuxa Marcelo Santos não acreditou no que viu na tela de sua TV ontem de madrugada. Ele, que perdeu o horário do programa daquela que chama de "Rainha", deixou a atração gravada em sua TV e, às duas da manhã, começou a ver. Marcelo se levantou para beber água e, na volta, retrocedeu a gravação rapidamente. Um vulto chamou sua atenção. Edir Macedo, de sacolinha na mão, aparecia no meio da plateia, cobrando o dízimo.

Essa não é a primeira vez que coisas sobrenaturais acontecem com Xuxa. Ao ouvir seu CD ao contrário, evangélicos juravam que o capeta falava coisas horríveis como "Volta ditadura". Marcelo está traumatizado com o que viu. "Eu pausei mas ele sumiu. Só aparece quando a gente está voltando mesmo". O curioso é que, depois, ao tirar seu extrato, Marcelo notou falta de 10% do total de sua conta bancária. "Sumiu".

SPOILER: STF DECIDE QUE NINGUÉM É OBRIGADO A SABER QUAIS AMIGOS VIRAM QUE SÉRIES ATÉ ONDE

Em votação tumultuada, o Supremo Tribunal Federal decidiu hoje que nenhum cidadão brasileiro é obrigado a saber que série de TV seus amigos viram e em que episódio está. A ação foi movida por um administrador do Rio de Janeiro, que processou seu até então melhor amigo por causa do spoiler de *The Walking Dead*.

"Vamos propor um projeto de lei que estabeleça o momento em que o spoiler caduca. A partir de um determinado tempo da exibição, não será considerada falta o spoiler daquela série", disse o presidente da associação brasileira dos spoilers, que comemorou a medida e já contou o final de uma série.

O processo original acabou em morte. Não na série, para que fique claro que não estamos fazendo spoilers.

EMPRESA OFERECE CURSO DE STAR WARS PARA QUEM QUER TER ASSUNTO NAS REDES SOCIAIS

Se você nunca assistiu a nenhum filme da saga Star Wars, ou assistiu alguns quando era criança mas não lembra de nada, e está perdidinho nas redes sociais por estes dias, não precisa se desesperar. Uma empresa de educação on-line está oferecendo um curso de Star Wars para leigos na saga de George Lucas.

O curso é intensivo e pretende deixar o aluno sem dúvidas do tipo: "por que começa pelo episódio IV?", "como eles entendem o que o robozinho fala?" ou ainda "por que o Jabba é tão poderoso se ele mal consegue se mexer?"

A duração do curso é de seis aulas, uma para cada episódio.

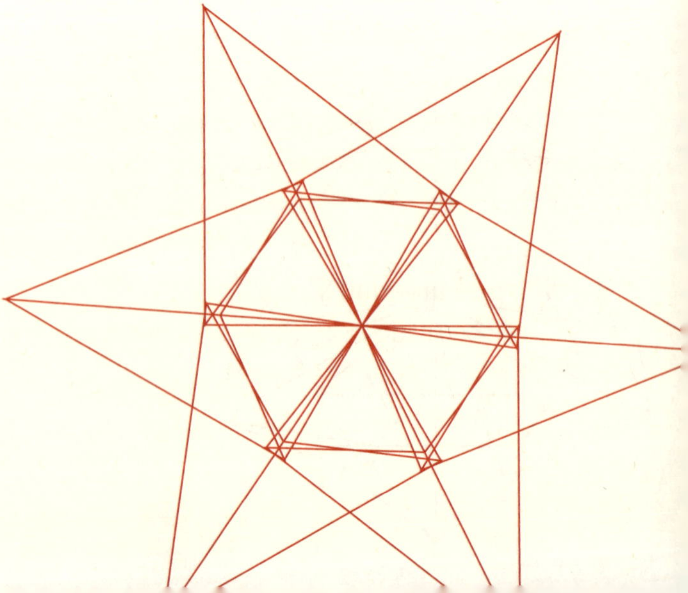

DRAMA: DANÇARINA DO FAUSTÃO É INTERNADA COM PARALISIA FACIAL IRREVERSÍVEL

Um drama tomou conta do mundo das celebridades hoje. Uma das bailarinas do Domingão do Faustão foi internada com o rosto paralisado num sorriso. De acordo com médicos que a atenderam, a dançarina acabou sofrendo um efeito colateral do sorriso permanente.

"Trata-se da síndrome do coringa, que acomete profissionais que precisam estar o tempo todo sorrindo. Silvio Santos teve, mas conseguiu reverter. Estamos fazendo o máximo possível para que ela volte a sorrir. Quer dizer, para que ela não volte mais a sorrir", disse o médico que atendeu a moça.

Procurado, Faustão se comoveu: "Ô loco meu! Brincadeira, bicho".

Me apaixonei no Tinder e ela era transexual

Eu estava em uma fase solitária pós-término de namoro quando meus amigos me sugeriram um aplicativo que encontrava pessoas que estavam por perto e que queriam sair com outras pessoas. Conheci muita gente interessante e diferente, algumas mulheres histéricas, outras taradas, outras inseguras. Até que chegou a vez de Sophia.

Ela era linda. Linda. A pele de ébano emoldurada pelos cabelos descoloridos embrulhava uma mulher inteligente, culta e bem humorada. Ela curtia as mesmas coisas que eu, os Rolling Stones, o Godard e o Flamengo. Com a diferença de que ela curtia demais o Flamengo. Na verdade, ela sabia mais de futebol que eu, e me surpreendeu um pouco quando começou a citar a seleção inteira de 1958 de cor.

Após muitos dias conversando sobre nossos filmes, músicas e escritores preferidos, resolvemos sair para conversar. Andávamos felizes pelas ruas da Lapa quando um pivete passou e tentou roubar a bolsa de Sophia. Ela correu mais rápido que o pivete e quase matou o menino de porrada, dando-lhe uma lição. Isso só aumentou minha admiração por ela.

Mas eu não desconfiava da estrutura superatlética de Sophia, com seus 1,80m e seus 75 kg. Na verdade, eu nem pensava em nada disso, porque ela era mais meiga, delicada e atenciosa que qualquer outra mulher com quem eu tivesse saído antes.

E na nossa primeira noite juntos ela foi obrigada a me contar que, na verdade, ela tinha um... pipi. Foi a palavra que ela usou.

Chorei, fiquei com raiva e saí correndo daquele quarto de motel. Nunca havia me sentido tão enganado em toda a minha vida.

Hoje, eu me pego pensando em Sophia toda vez que toca *Wild Horses*. E, mesmo que negue e que tenha muita vergonha de tocar nesse assunto, ainda me pergunto: será possível que o amor é tão simples assim para ser definido através de um pipi ou de uma ppk?

Comportamento

PIADAS DO CHEFE SÃO AS MAIS ENGRAÇADAS, DIZ ESTUDO

Um levantamento feito pelo Instituto Nupal (Núcleo de Pesquisas da América Latina) provou que as piadas contadas pelos chefes são mesmo mais engraçadas do que as das outras pessoas que não exercem cargos de poder. Durante o estudo, 100% dos entrevistados afirmam que riram das piadas contadas pelos seus superiores.

"Sempre foi um fenômeno muito observado. Mas até o momento não havia comprovação científica. Agora está aí a prova", disse o coordenador do estudo, Antonio Nascimento.

Ao apresentar o levantamento para seu chefe, o próprio Nascimento ouviu dele que isso lembrava uma velha história. Depois que o chefe terminou de contar, Nascimento caiu na gargalhada.

ESTUDO EXPLICA POR QUE AS PESSOAS NÃO RESPONDEM A "BOM DIA"

Um defeito genético é a explicação para o que acontece todos os dias com milhões de pessoas que desejam "bom dia" ou "boa noite" e não são respondidas. A anomalia, que já está sendo chamada de "síndrome do cobrador de ônibus", atinge uma grande parcela da população que, devido a uma falha genética, sofre de uma espécie de audição seletiva. "Algumas pessoas acham que é falta de educação", diz Sônia Callado, que trabalha como recepcionista em uma empresa. "A gente não responde porque não ouve, as pessoas não entendem isso".

O geneticista italiano Luigi Buongiorno, responsável pelo estudo, diz que pretende estender a pesquisa para outras áreas: "O nosso próximo desafio é identificar a anomalia que impossibilita algumas pessoas de utilizar as expressões 'com licença' e por 'favor'".

FRENTISTAS COM MENOS DE 25 ANOS NÃO SABEM MAIS O QUE SIGNIFICA "COMPLETA AÍ"

Um estudo inédito do Instituto Nupal (Núcleo de Pesquisas para a América Latina) para apurar o comportamento de frentistas trouxe surpresas. Sob comando do Departamento de Pesquisas Imbecis e com patrocínio da Petrobras e do CNPQ, o estudo revelou que frentistas com menos de 25 anos não sabem mais o que os clientes querem dizer quando falam apenas "completa aí".

"Apuramos que a causa desse fenômeno é o preço dos combustíveis, que subiu muito desde que esses jovens entraram no mercado de trabalho", diz o estudo. "Quase 90% dos entrevistados achou que o 'completa' se referia aos serviços prestados por profissionais do sexo e se sentiram ofendidos".

A pesquisa também mostrou que 97% dos frentistas mais novos nunca viram alguém pedir óleo sintético em vez do mineral, mais barato, e que 94% não sabiam que existiam bombas de gasolina aditivada nos postos em que trabalham. "Eles pensavam se tratar de bombas abandonadas porque nunca viram alguém pedir. A maioria absoluta só sabia responder a comandos como 'bota 10 pra mim' ou 'põe 20 no cartão de crédito'", diz o texto.

HOMENS QUE ESCUTAM BARULHOS IMPERCEPTÍVEIS NO CARRO NÃO OUVEM O BEBÊ CHORANDO DE MADRUGADA

Todo mundo sabe que entre o Céu e a Terra existem milhares de mistérios, muitos de natureza inexplicável. Mas, de tempos em tempos, a ciência se debruça sobre alguns deles, aqueles que mais mexem com o cotidiano dos seres humanos. Atualmente, o estudo de maior relevância na Universidade de Tucson, Arizona, é sobre a audição masculina. Os cientistas tentam entender como homens que escutam barulhos quase imperceptíveis em seus automóveis, a ponto de enlouquecer a família, não escutam um bebê chorando em altos brados de madrugada.

"Trata-se de um fenômeno profundo, que fala muito da essência do ser humano do sexo masculino", diz Louise Finangaham, coordenadora da pesquisa "A estranha e escrota seletividade do ouvido dos homens".

O próximo estudo de grupo será sobre o sentido visual masculino: como homens que enxergam bundas desconhecidas a metros e metros de distância não percebem quando sua própria mulher cortou o cabelo?

CARRO PARA BABACAS VIRÁ SEM SETAS, COM DUAS BUZINAS E SÓ TERÁ FAROL ALTO

Não é de hoje que a indústria automobilística busca oferecer um serviço cada vez mais personalizado para os compradores. Customizando os veículos, as grandes montadoras procuram agradar todo tipo de público. E a novidade apresentada no último Salão do Automóvel é o carro para babacas.

Ideal para trafegar pelo acostamento, fazer fila dupla ou tripla para entrar em retorno e ultrapassar pela direita, o carro para babacas já sai de fábrica sem setas, com duas buzinas e só funciona com farol alto. Alguns itens são opcionais, como o sensor de estacionamento em vaga de deficiente, de acordo com a preferência do motorista babaca.

Os carros para babacas devem começar a ser vendidos ainda esse ano e por um preço especial que só um babaca pode pagar.

87% DOS TELEFONEMAS DE MÃES OCORREM EM HORAS EM QUE O FILHO NÃO PODE ATENDER, DIZ PESQUISA

O que quase todo mundo já tinha reparado agora está comprovado pela ciência. Uma pesquisa feita por um pool de universidades inglesas e americanas, monitorando os telefonemas feitos pelas mães de 7.820 pessoas de 12 a 45 anos, mostrou que bem mais da metade das ligações feitas por mães acontecem em horas em que a pessoa não pode atender.

Os principais exemplos:

– Manobrando o carro numa vaga difícil;

– Passando as compras no caixa do supermercado;

– No motel bem na hora H;

– Na reunião em que você está apresentando o projeto que pode te dar aquela promoção;

– Botando seu bebê pra dormir;

– No sábado às 7h45 da manhã, quando você dormiu às 5h;

– Quando você está no cinema e o filme vai começar;

– Na hora em que você está de boca aberta no dentista.

HOMEM HÉTERO QUE FALA 'CREDO' E 'AMO' FICA SURPRESO AO RECEBER APOIO DE FAMILIARES PARA SE ASSUMIR GAY

O arquiteto Leonardo Vieira, heterossexual convicto, fazia ideia de que houve muitos avanços no campo da tolerância aos homossexuais. Mas sentiu na própria pele como os tempos estão mudando.

Leonardo tem a mania de falar algumas expressões no dia a dia que ele considerava genéricas. Entre elas, "credo" e "amo". Pois foi no café da manhã na casa dos pais, com os irmãos e a esposa à mesa, que o arquiteto tomou um susto.

Primeiro, ele observou que um cunhado disse "bolacha" no lugar de "biscoito".

"Credo, você fala bolacha?", disse Leonardo, divertido. A mesa fez um silêncio desconfortável. Logo depois, alguém lhe ofereceu pudim. "Amo!", exclamou.

Foi aí que sua mãe, de 68 anos, começou um pequeno discurso, com anuência dos outros presentes.

"Meu filho, não precisa mais se esconder. Já falei com a sua mulher. Está tudo bem. Aceitamos você como você é. Hoje em dia é normal", disse a mãe.

"Aceitar o quê?", perguntou Leonardo, confuso. "Que eu gosto de pudim?"

"Não existe razão para viver uma mentira. Você é ótimo na cama, gosta muito de mulher mas está claro que tem uma vida paralela. Senão, não falaria 'credo'", disse sua mulher. "E mais: você é arquiteto. Metade do caminho já está andado", completou, sem conter a emoção.

Confuso, Leonardo perguntou se se tratava de uma brincadeira. "Não é brincadeira. Nós te amamos", disse o pai, e deram um abraço coletivo.

"Mas eu sou hétero. Eu cuspo no chão na rua, sei a escalação do Santos de Pelé de 56 a 74. Todas as minhas *Playboys* da adolescência tinham as páginas coladas. Eu era fã de *Carga Pesada*. Eu só falo 'credo' e 'amo' porque acho engraçado", ainda disse, mas ninguém o ouviu entre abraços e soluços.

MULHER JÁ ESTÁ HÁ TRÊS DIAS APERTANDO O BOTÃO SONECA E NÃO ACORDA

Um hábito muito comum está tornando um inferno a vida da vendedora Camila de Souza. Camila já está dormindo há três dias e não consegue acordar porque sempre que o despertador toca ela aciona a função soneca no celular. De dez em dez minutos a mais de sono, Camila já acumulou 72 horas entre despertar e voltar a dormir. O caso de Camila está sendo acompanhado por especialistas do Instituto do Sono da Universidade Federal de Ananindeua e está sendo conhecido como o caso da "bela adormecida moderna". Os médicos não sabiam como resolver o caso de Camila, mas a solução para o problema veio após um faxineiro tirar o carregador da tomada e esquecer de colocar de volta. A equipe agora aguarda o descarregamento completo da bateria para que Camila de Souza finalmente acorde.

SER ELOGIADO POR FOTO DE CRIANÇA SIGNIFICA QUE HOJE VOCÊ É FEIO, DIZ ESPECIALISTA

Um artigo publicado pela revista científica do Núcleo de Pesquisas para a América Latina (Re-Nupal) defende a tese de que toda pessoa que recebe muitos elogios por sua foto de criança no Facebook é feia hoje em dia. "Comentários do tipo 'nossa, como você era bonitinho' ou 'que fofo' demonstram que a pessoa teve o auge de sua beleza nos tempos de criança", escreveu Pablo Herrera Bello em seu artigo.

Após a moda de fotos da primeira infância para homenagear o Dia das Crianças, o Facebook demonstrou preocupação com o que pode acontecer na semana do Dia de Finados com o perfil dos usuários.

10 FRASES QUE VOCÊ SE ARREPENDE LOGO DEPOIS DE DIZER

– Acho essa ideia uma idiotice. (Se você estiver falando com seu chefe)

– É, você engordou um pouquinho mesmo...

– Não tem problema. Eu posso fazer esse relatório no fim de semana.

– Vamos fazer um mutirão para arrumar esse armário?

– Já tem um bom tempo que a gente não vai à casa da sua mãe.

– Tá bom, filha. Eu compro um cachorro para você.

– Hoje eu começo a minha dieta!

– O elevador tá demorando. Vamos de escada mesmo.

– É leve, pode deixar. Eu aguento.

– Isso, assim, vai, vai, que delícia, Marcelo. (Se o seu marido se chama Anderson)

SE ARREPENDEU DE DIZER MAIS ALGUMA COISA?

CONFESSA AÍ

____

____

____

____

____

____

FALAR "MANTIVERAM" DĀ MAIS TESÃO DO QUE TER BARRIGA TANQUINHO, DIZ ESTUDO

Janice conheceu Anderson numa balada. Ele era gatinho, dançava bem e tinha um sorriso irresistível. Trocaram beijos, tomaram uns drinques e já estavam partindo para outro lugarzinho mais tranquilo quando ele soltou: "Acho legal o cuidado que eles têm com esse lugar. Até manteram as janelas antigas".

Janice murchou, seu sorriso se apagou. Pediu para ir ao banheiro e saiu pelos fundos.

Encontrar um parceiro que acerte a concordância dos verbos – em especial a terceira pessoa do plural do pretérito perfeito do verbo manter – está cada vez mais difícil no mundo de hoje. "Por isso mesmo, quando acontece o contrário, ou seja, quando se fala corretamente, a atração sobe consideravelmente", diz Louise Fontenelle, coordenadora do aplicativo de encontros Cross. "Já criamos até um teste para os possíveis parceiros conjugarem alguns verbos e o usuário ver se ele acerta ou não", afirma. De acordo com um levantamento do próprio Cross, falar corretamente o "mantiveram" já dá mais tesão do que ter barriga tanquinho.

SÉCULO NEGA CASAMENTO E DIZ QUE CONTINUA SOLTEIRO

O século negou seu casamento hoje pela manhã em entrevista coletiva. "Vejo em todo lugar 'o casamento do século', mas quero deixar claro que continuo solteiro", disse o século.

Século afirmou que teve um relacionamento sério, mas que alimenta a esperança de voltar: "Estou dando um tempo". Ele também afirmou que a imprensa vive envolvendo seu nome em eventos. "Já falaram 'a luta do século', mas sou pacífico. Vejo anunciarem coisas como 'do século' que na verdade não deveriam ser nem mesmo do centésimo. Nada contra meu irmão mais novo, mas eu vejo um certo exagero nisso tudo".

CASAL COM PERFIL DUPLO SE SEPARA E BRIGA NA JUSTIÇA PELA GUARDA DA CONTA

Na intenção de fortalecer o relacionamento, Tomás Lima (22) e Eduarda Pinto (19) criaram uma única conta em uma rede social para manter todos os amigos do casal conectados. Era uma forma também de demonstrar publicamente todo o amor que envolvia os dois sem precisar repetir declarações, fotos e outras coisas em perfis diferentes.

"Existiam algumas dificuldades, claro. Por exemplo, ninguém sabia se a data de aniversário era minha, dele ou do casal... Mas a gente vivia bem com o perfil!", afirma Eduarda. Porém, no último fim de semana, tudo mudou. A confusão aconteceu quando um amigo de Tomás o marcou "sem querer" em uma foto de festa na sexta-feira à noite, quando Tomás havia dito que não iria sair com Eduarda pois estava estudando. Como o perfil também era de Eduarda, gerou também insatisfação por parte de sua família, já que Eduarda havia dito que não iria à igreja porque estava se sentindo mal. "Disse a eles que não estava na festa, afinal nem aparecia. Me acusaram de estar tirando a foto", diz Eduarda. Depois de toda a confusão causada, os dois decidiram terminar uma linda história que já durava 2 semanas e 4 dias.

Mas não parou por aí. O casal briga agora na justiça pela guarda do perfil duplo. "Tem muita história lá. As fotos que recebi de algumas amigas, por exemplo", reclama Tomás. Uma audiência foi marcada para a próxima sexta-feira.

HOMEM PROCESSA SUA MULHER DEPOIS DE VÊ -LA SEM MAQUIAGEM PELA PRIMEIRA VEZ

( ) Verdadeiro

( ) Falso

Verdadeiro. Não acredita? Então pesquise no Google esta manchete para descobrir.

CHAMAR HEADSET DE "MICROFONE DA MADONNA" ENVELHECE A PESSOA EM 25 ANOS. VEJA OUTROS

Então o cara está de papo com uma garota linda, inteligente, mostrando que fala sobre todos os assuntos. De repente ele chama um headset de... microfone da Madonna. Em segundos, o sorriso da moça se esvai e rugas nascem no rosto do indivíduo. Suas costas se curvam e seu pênis amolece. Com apenas uma expressão ele ficou 25 anos mais velho.

Há outras formas de envelhecer em segundos, usando algumas expressões. Veja abaixo cada uma delas e quantos anos quem diz envelhece:

Chamar todo absorvente de Modess – 35 anos
Dizer que vai chover e pegar sua sombrinha – 60 anos
Chamar moeda de pratinha – 70 anos
Tratar Kevin Bacon por "o ator de Footloose" – 30 anos
Tratar comercial por reclame – 45 anos
Usar a expressão internautas – 18 anos
Chamar chocolate Crunch de Kri – 33 anos
Perguntar onde está levando a fita *Que horas ela volta* – 65 anos
Ligar a TV para ver William Bonner no Repórter – 50 anos
Dizer pra botar no 4 que você quer ver a novela – 40 anos
Chamar banheiro de casinha – 100 anos

TEMPO TENTANDO LEMBRAR O QUE IA FAZER NO CELULAR JÁ ULTRAPASSA O DE USO

O professor universitário paulistano Leandro da Silva, 33 anos, está tentando abandonar o celular. O motivo: não consegue mais trabalhar, corrigir provas, planejar as próximas. Mas o problema não é o tempo que ele usa o celular. É o tempo que ele passa parado em frente à tela tentando lembrar o que foi fazer ali. "Isso está me deixando deprimido", diz Leandro, que já procurou um psiquiatra e até um clínico geral, com medo de estar com algum tipo de demência.

O que Leandro não sabe é que não está sozinho. O tempo que ficamos parados com o celular na mão tentando lembrar o que queríamos fazer já ultrapassou o tempo de uso do aparelho, segundo um estudo realizado pelo Nupal (Núcleo de Pesquisas para a América Latina). "Não é incomum ficarmos alguns minutos apenas olhando para o celular sem saber o que fazer, isso se repete várias vezes ao dia e ao fim de um ano esse período já supera o tempo usando o aparelho", concluiu o resultado da pesquisa.

O que fazer? Os especialistas ainda não sabem. Até porque passam bastante tempo em frente ao celular sem saber o que foram fazer ali.

PAI PEDE DE PRESENTE DE NATAL QUE A FILHA FIQUE TRÊS MESES SEM FALAR "TIPO" NEM "ARRAM"

Nos últimos Natais, o advogado Eduardo de Albuquerque, de 43 anos, ganhou livros, CDs e meias de sua filha Laura, que hoje tem 13 anos. Mas, este ano, ele pediu (na verdade, implorou) à filha um presente diferente: ele quer que ela fique três meses sem dizer "tipo". E também sem responder a qualquer coisa que ele pergunte com "arram" (no caso positivo) ou "ã-ã" (no caso negativo). Pedro sonha com longas respostas da filha, como "sim, papai, eu fui bem na prova, obrigada por perguntar". Ou: "não, paizinho, querido, não precisa me buscar na festa, porque o pai da Clara vai buscar a gente desta vez".

Eduardo ainda não sabe se vai ganhar o que quer. Ele conta com o apoio de sua mulher, a professora Laura, para ajudar a filha a lhe dar esse presente. O problema é que Laura, por sua vez, também quer ganhar uma coisa inovadora de Natal: ela quer que, este ano, o marido a ajude a comprar os 47 presentes de pessoas da família – coisa que ela faz todo ano sozinha.

CEIA DE NATAL EM CASA DE PARENTE SEM WI-FI E 3G DEIXA FAMILIARES EM PÂNICO

A ceia de Natal da família Costa este ano não está sendo fácil. A comemoração, realizada na casa de uma das matriarcas da família, vem causando polêmica.

Tudo porque a tia solteirona que recebeu os parentes neste ano não usa a internet. Em sua casa, não há Wi-Fi e nenhuma torre com sinal 3G ou 4G nas proximidades.

"Isso é um absurdo. Será que vamos ter que conversar entre nós mesmos como os nossos antepassados? É esse o tipo de mundo em que queremos viver?", perguntou Laís Costa.

"Eu estou me sentindo num lugar estranho, com gente que não conheço direito", disse o adolescente Marcos Luis Costa. "O pior de tudo é que nem dá para reclamar no Facebook. Já tenho o textão escrito aqui. Eu faria qualquer coisa por um sinal", completou.

A confusão afetou até o tio Juvenal, que costumava arrancar gargalhadas com piadas como "é pavê ou pá cumê?". "Muitas das minhas tiradas vinham do WhatsApp, de um grupo que temos na empresa. Mas agora nem isso", disse.

SOU TÃO ANSIOSA QUE CLICO ANTES DE...

Nem sei direito o que é e já saio clicando. Num livro, a primeira coisa que leio é o último parágrafo. Terminei com meus namorados toda vez que suspeitei que iam terminar comigo. Amo spoilers e odeio séries longas. Penso em me matar porque não aguento esperar pra saber o que vai ser da vida.

Se você é ansioso como eu, não sofra. Já te revelo o final desse texto: no final eu me apresento, pois me apresentar é sempre a última coisa que faço. Gosto de ir direto ao ponto.

Já busquei tratamentos, mas nunca consegui aguardar o resultado. Quando eu era criança, me tratei com homeopatia. Imaginem o sofrimento. Minha mãe diz que não entende direito o que falo, diz que saio dizendo qualquer coisa. Minhas professoras de redação me davam sempre zero, eu nem escrevia mais os textos porque aí podia saber o resultado antes delas. Dizem que "ejaculação precoce" é coisa de homem. Será que eu deveria ser homem? Não gosto de rodeios. Eu gosto é de bombons daqueles pequenos que cabem todos na boca e a caixa acaba de uma vez.

Queria saber o que vão achar desse texto. Achassem ruim, eu nem postaria. Vou saber o que acham antes de terminar. Talvez, se gostarem, eu o termine, mas tenho outras coisas pra fazer. O Carlos ficou de me ligar hoje. Acho que vou ligar logo pra ele. Meu nome é Karina e tenho 23 anos.

BRASIL

EMPRESA AÉREA MUDA NEGÓCIO PARA VENDA DE PÃO DE QUEIJO EM AEROPORTOS E TEM O ANO MAIS LUCRATIVO DA HISTÓRIA

A empresa aérea Flygood resolveu mudar de ramo no ano passado e não tem do que reclamar. Os resultados dos primeiros 12 meses mostram que hoje a companhia teve o maior lucro de todos os tempos. No fim do ano passado, numa virada surpreendente, a Flygood suspendeu a venda de todas as passagens, se desfez de suas aeronaves e abriu lojas de pão de queijo nos aeroportos.

"Mesmo com as passagens custando muito caro, nunca conseguiremos chegar ao patamar de lucratividade do comércio de pão de queijo", disse o representante da empresa. No próximo ano, a Flygood poderá apresentar lucros ainda mais estratosféricos. A empresa está estudando entrar no ramo de tinta de impressora.

MARCHA DA MACONHA FRACASSA PORQUE MACONHEIROS ESQUECEM DE IR

Dessa vez a culpa não foi da Justiça. A marcha da maconha fracassou porque os maconheiros esqueceram de ir. O evento estava vazio também porque os organizadores fumaram os cartazes de divulgação.

Um dos participantes fez um discurso contundente pela liberação das drogas. "Pô, aí. Essa parada aí, sacou? É isso aí mermo. Pois é. Ó se não é. Então, falei", disse ele. Outro pediu a palavra para derrubar os mitos sobre a droga.

"Existe uma lista de mentiras sobre a droga que eu vou derrubar agora. O primeiro é que a maconha provoca alucinações. Isso é mentira, eu e esse duende verde aqui do meu lado fumamos há anos e nunca vimos nada", disse ele. "Outra mentira é a perda de memória. Tem mais um bando de coisas na lista, mas agora não lembro", concluiu.

Segundo o organizador do evento, os maconheiros podem fazer um importante trabalho social. "Podemos substituir o fumacê contra a dengue", afirmou.

Um usuário ressaltou os efeitos medicinais da maconha, que seria capaz de curar várias doenças. "Minha saúde é perfeita. Desde que eu comecei a fumar não tenho mais nada. Vendi tudo para comprar droga".

A passeata aconteceu num clima de paz, mas terminou com um milhão de neurônios mortos.

HOMEM DE SEIS DEDOS QUER DOAR UM A LULA

O agricultor Agripino Ribeiro, de Apuarema, na Bahia, quer doar um de seus dedos ao presidente Lula. Agripino nasceu com um dedo a mais em cada mão, recebe o Bolsa Família, mora numa casa do programa Minha Casa, Minha Vida e seu filho entrou para a faculdade pelo sistema de cotas. O agricultor agora quer pagar ao presidente o que para ele é uma dívida de gratidão. "Eu não tenho estudo, então não posso dar uma mãozinha ao governo. Mas um dedo eu posso. Se cada um desse o pouco que tem a mais o Brasil seria muito diferente", disse o agricultor.

Ele está em Brasília tentando uma audiência com o presidente, mas até agora não teve sucesso. Agripino conta que desde que Lula disputou a presidência com Fernando Henrique já pensava em doar seu dedo. "O Fernando Henrique fez uma campanha mostrando uma mão com cinco dedos espalmada. Tava na cara que era para humilhar o Lula", diz.

O agricultor teve uma infância difícil por causa dos seis dedos mas, na adolescência, fez sucesso com as garotas devido às suas habilidades manuais. Para Agripino, se Lula aceitar seu dedo essa será a sua chance de entrar para a história do país. "Eu vou poder dizer que o governo Lula teve um dedinho meu".

SACI PASSA PARA MEDICINA PELO SISTEMA DE COTAS

Beneficiado pelo sistema de cotas para negros e para deficientes nas universidades públicas, o Saci Pererê foi aprovado para medicina. A soma das duas reservas de vaga tornou Saci um candidato praticamente imbatível no vestibular.

Saci rebateu as críticas de que o sistema de cotas é injusto, ainda mais quando permite a acumulação de benefícios. "Não sou de tirar vantagem. Eu nunca passei a perna em ninguém", disse Saci.

O candidato disse que se preparou para o concurso e achou a prova fácil. "Estão dizendo que eu me beneficiei, mas a prova foi muito fácil. Dava para fazer com um pé nas costas", afirmou.

Especialistas aplaudiram a entrada de Saci para a faculdade de medicina da Universidade Estadual do Rio de Janeiro. "Ele é a prova de que o sistema funciona. Tínhamos um menino que não estudava, passava o dia na floresta, usando só um shortinho e fumando. Agora, está na universidade", disse Manoel Francisco Soares, da ONG Pró-Cotas.

Outro personagem que tentou se beneficiar do sistema de cotas para deficientes não teve a mesma sorte. Apesar da reserva, a Mula sem Cabeça não conseguiu sua vaga. "Eu nunca tive cabeça para os estudos", disse ela.

RIO TERÁ RODÍZIO DE ASSALTANTES

Inspirado no rodízio de carros de São Paulo, o Rio de Janeiro terá um revezamento de assaltantes. A medida pretende acabar com o engarrafamento de assaltos que atrapalha os pedestres nas ruas e os automóveis.

Na semana passada, a Avenida Rio Branco tinha uma aglomeração de ladrões que impedia a passagem das pessoas. A situação fica ainda pior em pontos turísticos e sinais de trânsito.

"Às vezes ficam cinco ou seis bandidos no mesmo sinal, você não sabe nem a quem entregar o carro ou o celular. Acho o rodízio válido porque assim organiza os assaltos. Deviam fazer em Brasília também", disse um morador, que não quis se identificar.

Os bandidos também aprovaram. "Acho certo essa parada aí. Do jeito que está não dá nem para a gente ganhar a nossa vida desonestamente", disse Waltinho Trombadão, que assalta todos os dias na Cinelândia.

O rodízio será pelo número final da carteira de identidade. O assaltante que for pego roubando fora de seu dia será preso.

BRANCA DE NEVE PRESA POR TRÁFICO

A Polícia Federal prendeu ontem Snow White, a Branca de Neve, por tráfico de drogas. Segundo a polícia, ela ganhou uma fábula vendendo cocaína na floresta encantada. O apelido Branca de Neve, inclusive, é referência a cocaína. A PF diz que Branca de Neve dava a droga aos animais, que ficavam doidões a ponto de cantar e dançar. São famosas as imagens da personagem dançando no meio de esquilos e outros animais.

Ainda segundo a PF, Branca de Neve explorava os anões num sofisticado esquema de produção e distribuição de cocaína. A droga era produzida dentro de minas embaixo da terra. Em código, eles se referiam ao esquema como "mina de ouro". Branca de Neve era inimiga mortal de sua madrasta, que queria controlar a venda de drogas na floresta e já tentou matá-la. Viciada, a madrasta sempre dizia "espelho, espelho meu", numa referência ao espelho usado para cheirar cocaína. A madrasta se drogava tanto que, apesar de ter 45 anos, tinha a aparência de uma velha de 80.

A polícia procura agora Chapeuzinho Vermelho, fundadora do Comando Vermelho.

PESQUISA COMPROVA QUE GARÇONS NÃO TÊM VISÃO PERIFÉRICA

Uma pesquisa comprovou o que já era há muito tempo uma suspeita dos frequentadores de restaurantes. Os garçons não têm visão periférica.

O Instituto Brasileiro de Pesquisa Aplicada fez um levantamento com 500 garçons de 10 estados e concluiu que 70% deles só conseguem enxergar à sua frente. Isso explica o fato de o cliente ficar com o braço estendido durante horas ao lado de um garçom sem ser visto.

"É um fenômeno que precisava ser investigado. Agora, temos que achar as causas", disse Fernando Martins, presidente do Instituto. Os pesquisadores acreditam que a deficiência visual foi causada por acaso. Alguns garçons preferiam fingir que não estavam vendo os clientes para poder conversar. Com o tempo, a visão acabou sendo afetada. "Eles olhavam fixamente para frente e isso pode ter afetado a visão". Os cientistas agora tentam descobrir qual é a deficiência genética que impede que os garçons tragam o café e a conta ao mesmo tempo. "Eles sempre trazem só o café, depois a conta. E ainda assim se você insistir muito".

TEMPERATURA AMENA DEIXA USUĀRIOS DE ELEVADOR SEM ASSUNTO, DIZ ESTUDO

Um estudo revelador feito em parceria entre o INMET e a ONG Organização para a Psicologia do Trabalho (OPsiT) mostrou que a queda acentuada da temperatura nas grandes capitais provocou uma súbita mudança no comportamento de usuários de elevadores. Em até 68% dos casos, os usuários das cidades onde a pesquisa foi realizada ficaram sem assunto dentro dos elevadores devido à ausência de calor e de chuvas provocada pela proximidade do inverno. Já 29% optaram por falar sobre o próprio frio.

Ainda de acordo com o estudo, a pausa no campeonato brasileiro para a Copa do Mundo também causou mudança repentina nos inícios de conversa dentro do elevador, já que a frase "e o Flamengo, hein?" ficou fora de contexto com a interrupção do campeonato.

EXERCÍCIO DE SIMULAÇÃO DE INCÊNDIO EM EMPRESAS PODERÁ SER FEITO POR COMPUTADOR

Terror dos funcionários das grandes empresas, as simulações de incêndio poderão ser feitas através da internet. Os empregados, que costumam descer dezenas de andares de escada e são obrigados a largar o trabalho, o Twitter e o Facebook, agora farão o treino através de um site. Uma sirene será acionada e todos terão que clicar num endereço virtual e responder a algumas perguntas. Pela escada ou pelo elevador? Quem clicar "pelo elevador", ficará de castigo por duas semanas, sem poder acessar as redes virtuais. Outra pergunta é: mulheres e crianças primeiro ou salve-se quem puder? Quem escolher a segunda opção, terá que amargar dez dias sem acessar sites de sexo no trabalho.

"Acreditamos que a simulação de incêndio virtual será bem mais eficiente para o aprendizado de nossos funcionários", diz Luiz Del Fuego, gerente de RH da Carvão, Papel de Celulose, que tem 1.650 funcionários. Ele conta que muitos empregados fogem das simulações das formas mais inusitadas. "Da última vez, um operário se pendurou do lado de fora da janela do sétimo andar para não ter que descer as escadas e, infelizmente, caiu", afirma.

APOSENTADA GOIANA BATE RECORDE MUNDIAL DE FOTOS COM A "CABEÇA CORTADA"

A aposentada Maria das Graças Nogueira, de Goiânia, GO, entrou para o livro Guinness dos Recordes como a pessoa que tirou mais fotos com a "cabeça cortada" no mundo.

Maria das Graças, que tem 58 anos, calcula ter feito mais de cinco mil fotos em toda a sua vida — ela sempre se prontifica a "bater" as fotos nos encontros de família. Uma mistura de falta de coordenação motora e de senso estético fez com que Maria das Graças tirasse aproximadamente 90% das fotos cortando a cabeça dos fotografados.

"Foi difícil achar todas as fotos para validar o recorde, porque ela tirou muitas fotos em máquinas dos outros", disse Walter Cronker, consultor do Guinness Book. Maria das Graças agora se prepara para bater o próximo recorde: a pessoa que mais queimou filme. "Mas esse eu acho que o goleiro Bruno já levou, né?", diz a aposentada.

CONVIDADOS TENTAM IR A CASAMENTO EM VOO DA GOL E SÓ CHEGAM PARA O DIVÓRCIO

A operação padrão dos funcionários da Gol continua provocando atrasos aos passageiros. Um grupo de 120 convidados que iria do Rio para uma festa de casamento em Brasília só chegou a tempo do divórcio. Eles passaram o tempo todo no aeroporto e, quando chegaram ao destino, o casal estava já com três filhos e separado.

O constrangimento só não foi maior porque, durante o tempo em que ficaram em terra, vários outros casais se formaram e cerimônias aconteceram com a presença de todos. Houve muita emoção na despedida dos funcionários do aeroporto quando o avião finalmente partiu. "São anos de convivência com eles. A gente se acostuma, né?", disse uma aposentada, que quando tentou embarcar era estagiária.

PESSOAS QUE COSPEM QUANDO FALAM TERÃO QUE USAR MÁSCARA

Pessoas que cospem quando falam terão que usar máscaras quando estiverem interagindo socialmente. A norma será baixada amanhã pelo Ministério da Saúde. A Secretaria de Prevenção aos Perdigotos fez uma pesquisa e concluiu que 31% da população brasileira cospe quando está falando, o que seria causa de transmissão das mais variadas doenças. "O problema costuma ocorrer mais com pessoas entre 50 e 60 anos, mas adultos jovens, adolescentes e crianças que têm incorreções dentárias também soltam muita saliva ao falar", diz o secretário José Santiago.

A norma está causando polêmica. Uma delas diz respeito à classe artística, mais especificamente aos espetáculos de teatro. De acordo com a secretária, as salas terão que deixar vazias as três primeiras filas de cadeiras, que são frequentemente atingidas pelo cuspe dos atores. "Os proprietários que preferirem não perder esses ingressos deverão orientar os artistas para usar a máscara", diz Santiago.

CLIENTE RECLAMA DE PÃO DURO E MATA PADEIRO COM BISNAGADA NA CABEÇA

Uma discussão por causa de um pão terminou em tragédia em Alto Piquiri, no Paraná. O pedreiro Fernando dos Anjos, de 22 anos, reclamou porque o pão que acabara de comprar estava duro. O padeiro Marcelo Pereira, de 23 anos, chamou Fernando de mentiroso e disse que o pão acabara de ser feito. Para provar que estava falando a verdade, Fernando bateu com a bisnaga na cabeça do padeiro, que morreu na hora por traumatismo craniano. Fernando mora na cidade desde que nasceu e é descrito pelos vizinhos como um sujeito pacato. De acordo com testemunhas, o padeiro, que é dono da padaria, sempre era violento quando os clientes reclamavam de seus produtos. "Semana passada houve uma confusão porque um sujeito fez uma gracinha dizendo que o sonho estava um pesadelo", disse um vizinho, que preferiu não se identificar.

Fernando foi preso em flagrante. O delegado Geraldo Mota disse que registrou o crime como homicídio culposo, quando o acusado não tem a intenção de matar. "Ninguém em sã consciência vai acreditar que um pão pode matar alguém, mas a perícia identificou que o pão realmente estava mais duro do que uma rocha".

COR DE TÁXI INDICARÁ HÁBITOS DE MOTORISTAS. ROXO É PARA QUEM OUVE GOSPEL

Você gosta de motorista de táxi que puxa assunto? Não? E daqueles que escutam pop evangélico em alto e bom som? Um projeto de lei vai acabar com esse problema. A partir de agora, nas grandes capitais brasileiras, os táxis terão cores diferentes, indicando o que esperar desta corrida. Motoristas que não ouvem música mas puxam assunto terão o carro amarelo – o mais comum, hoje. Se a cor é laranja, eles ficarão silenciosos, mas no rádio só vai tocar funk. Se a cor é verde, falarão mal da sogra e do cunhado. Vermelho, contarão façanhas sexuais, como o dia em que deram carona a duas gêmeas estonteantes e elas pagaram a corrida o chamando para subir na casa delas no fim da viagem. Roxo, só ouvem música evangélica, acompanhando cantando com afinco. Cor-de-rosa, motorista é mulher. Nochai, são silenciosos, não ouvem música, não cometem barbaridades no trânsito e fazem o caminho mais curto sempre. Você não sabe que cor é nochai? É porque ela não existe.

DONOS DE PITBULLS TERÃO QUE USAR FOCINHEIRA

Os donos de Pitbull de todo o Brasil terão que usar focinheiras a partir do ano que vem. A lei foi aprovada na Câmara dos Deputados e visa a diminuir os incidentes envolvendo estes animais. "Fizemos vários estudos e detectamos que o problema não é o cachorro, e sim o dono. Muitas pessoas incentivam o comportamento agressivo do animal em rinhas só para aparecer. Não são todos os donos, mas é impossível saber quem é quem", disse o deputado Antônio Nascimento, autor do projeto de lei. Donos de cães protestaram. Segundo eles, os deputados é que deveriam usar o acessório. Nascimento se defende. "Por que essas pessoas simplesmente não compram um chihuahua?"

87% DAS CONVERSAS POR CELULAR COMEÇAM COM A PERGUNTA "ONDE VOCÊ ESTÁ?", DIZ PESQUISA

Nada menos do que 87% das conversas por telefone celular começam com a pergunta "Onde você está?". O dado foi divulgado hoje pelo Instituto Nupal, o Núcleo de Pesquisas da América Latina. Especialistas já estão classificando o hábito como a "Síndrome do GPS". "Sinceramente não entendo essa compulsão que as pessoas têm em saber onde as outras estão mesmo quando elas não têm um encontro", disse o presidente do Nupal, Augusto Torres.

A pesquisa também mostrou que 98% das ligações que aparecem como "fora da área de cobertura" são provocadas pela traição de um dos parceiros.

A FOLIA JÁ COMEÇOU PARA QUEM VAI PASSAR O CARNAVAL ENGARRAFADO NAS ESTRADAS

Muitos foliões já estão deixando a cidade para passar o feriado nos já tradicionais engarrafamentos de carnaval. A movimentação de veículos já é grande nas saídas das principais cidades. "Esse ano nós optamos por desfilar na acadêmicos da Via Dutra, ano passado o desfile da Unidos da Ponte Rio-Niterói tava meio paradão", declarou o folião José Roela que todo ano passa o carnaval engarrafado na Avenida com a família. A Polícia Rodoviária Federal avisa que as entradas para as estradas já estão esgotadas, mas que ainda há vagas para o engarrafamento do sábado das campeãs.

CARNAVAL DE RUA: FANTASIA DE SOLTEIRO É A MAIS POPULAR ENTRE OS HOMENS

A cada ano que passa o carnaval de rua cresce nas grandes cidades brasileiras. Milhões de brasileiros vão às ruas para cantar, beber e urinar em público. Já virou tradição se fantasiar para curtir os blocos. Como em todos os anos, a fantasia mais popular entre os homens é a fantasia de solteiro. "É uma fantasia rápida e barata, basta tirar a aliança e cair na farra", declarou um folião animado. "É legal que a fantasia dele é 2 em 1. De solteiro e de corno", disse a mulher do folião animado que aproveitou pra pular carnaval e a cerca em outro bloco.

ABERTA EM SP A PRIMEIRA CLĪNICA PARA DEPENDENTES DE GERŪNDIO

A crescente onda do gerundismo levou o Ministério da Saúde a inaugurar a primeira clínica para o tratamento do mal, em São Paulo. O Centro de Atendimento ao Gerundismo Universal Endêmico Intenso (CAGUEI) vai atender a pessoas cujas vidas se transformaram num inferno por causa do gerundismo.

A atendente Sheila Cristina, de 35 anos, acredita que finalmente conseguirá largar o vício com esse novo tratamento. "Vou estar me internando, pra poder estar me curando desse problema e tenho certeza de que vou estar tendo resultados muito em breve. Agradeço a atenção", disse ela.

Ontem, durante o lançamento da clínica, o secretário de saúde Antonio Nascimento comemorou a iniciativa. "Vamos estar curando muita gente que está precisando de tratamento e nem sabe".

EM DIA SEM NOTÍCIAS, JORNALISTA EMPURRA COLEGA PELA JANELA PARA GARANTIR MANCHETE

Um crime aparentemente sem motivo chocou a comunidade jornalística na manhã de hoje. O repórter paulistano Bob Rockfeller, cujo nome verdadeiro é Robsvaldo Rocha, empurrou um colega pela janela da redação do jornal em que trabalha.

Ao ser preso, Bob afirmou que seu editor ameaçava demiti-lo caso não conseguisse uma notícia exclusiva e de grande impacto até a hora do almoço. "Cheguei atrasado na redação porque fui tomar café no lançamento de uma loção pós-tosa para cachorros. Quando vi, já tinha dez e-mails do meu editor falando que eu tinha que entregar uma manchete ou estaria demitido", disse Bob, que trabalha no caderno de polícia e nunca escreveu uma reportagem sobre animais de estimação na vida.

"Eu entrei em desespero. Vi um colega perto da janela e pensei – quer matéria melhor do que crime no trabalho?", disse.

"E o Marcinho, que eu empurrei, não tem diploma, não vai nas reuniões do sindicato. Achei que seria perfeito", explicou.

A grande ironia é que o único jornalista que não poderá escrever sobre o "furo" de Bob é ele mesmo. "Foi tudo em vão, porque não vou poder escrever a matéria de dentro da cadeia", lamentou. "Mas já vendi os direitos do livro para uma editora por um adiantamento de R$ 2 mil. Já dá para pagar uns seis meses de pensão".

As 12 notícias mais sem importância (e reais) já publicadas na internet

Chuva obrigou as pessoas a usarem guarda-chuvas

Caetano estaciona carro no Leblon nesta quinta-feira

Subway está sem azeitonas em Conquista

Liziane Gutierrez abre o closet de sua cachorrinha: "mais de 100 vestidos"

Galinha atrapalha trânsito ao invadir ponte entre São Francisco e Oakland

Thor Batista exibe marcas de suor em passeio com namorada no Rio

Veado Macho invade oficina mecânica nos EUA

Bumbum de modelo é atingido por deliciosos morangos

Após sobreviver a incêndio no Acre, galinha é batizada de Fênix

Vaca "mostra língua" ao ser fotografada em fazenda alemã

Dona de batata-doce em forma de pato diz: "Fiquei com dó de comer"

Cegonha parece brigar contra a própria sombra em zoo alemão

INVENTOR DO CORAÇÃOZINHO COM AS MÃOS SE ARREPENDE E AGORA VIVE RECLUSO

O designer Ricardo Santana se lembra bem do dia em que acabou criando a sua maior obra. Era aniversário de 9 anos de sua filha menor. Ele queria fazer um gesto com as mãos que representasse o seu amor pela menina e, ao mesmo tempo, surpreendesse na hora do "Parabéns pra você". "Talvez seja um cacoete da profissão. Eu estou sempre querendo melhorar as coisas. Não me conformava com a mesmice de bater palmas."

No dia da festa, Ricardo então treinou o gesto no espelho, logo depois do banho. Ficou satisfeito com o que viu. Exatamente três horas depois, iluminado pela vela do bolo, Ricardo juntou os dois polegares para baixo e fez um arco com os outros dedos. Nascia ali o coraçãozinho com as mãos. A filha adorou. Logo, toda a família fez. "Fiquei feliz. Foi um sucesso", diz ele.

O que Ricardo não imaginava é que o gesto era contagioso. Se na festinha da menina 17 parentes fizeram, logo o número se multiplicaria. A foto foi parar no Orkut, o nascedouro de muitos dos maiores constrangimentos humanos. O coraçãozinho com as mãos rapidamente foi ganhando adeptos. Era epidêmico.

Ricardo assistia ao Domingão do Faustão e não acreditou quando um pagodeiro fez o seu coraçãozinho para as fãs, que responderam com o mesmo gesto. "Naquele momento eu percebi que a coisa tinha saído de controle". Hoje Ricardo vive recluso. Não posa para fotos e se recusa a fazer o gesto, nem mesmo para explicar como o criou. Teve que fazer terapia. A família não permite que seu nome completo seja revelado.

Depois de muita insistência, Ricardo concorda em tirar uma foto. Não quer, porém, que seja possível identificá-lo. Pouco depois de posar, Ricardo ficou em silêncio. Olhou o sol, as crianças brincando e, pela primeira vez desde que começamos a conversar, ele sorriu. De repente, um ônibus lotado de torcedores passou, fazendo barulho e quebrando a paz bucólica da pracinha onde nos encontramos. Um dos torcedores, ao ver a câmera de nossa equipe, fez o coraçãozinho com as mãos. A expressão de Ricardo mudou imediatamente: "Acho que nem o inventor dos reality shows fez tanto mal à humanidade. Eu criei um monstro".

PESQUISA REVELA: PESSOAS TÊM MAIS VONTADE DE TOSSIR NO CINEMA E NO TEATRO

O comerciante carioca José Antônio Teixeira, 38 anos, não pega uma gripe há quase dois anos. Apesar de ter uma saúde de ferro, ele não pode ir ao cinema ou ao teatro que é atacado por uma irresistível vontade de tossir. Basta começar a sessão que a garganta começa a arranhar, coçar. Resultado: incomoda todo mundo em volta – incluindo sua própria mulher, que já senta em um lugar longe dele.

José Antônio não está sozinho. O setor de saúde do Instituto Nupal (Núcleo de Pesquisas da América Latina) terminou uma pesquisa de uma década e constatou: a vontade de tossir aumenta em 67% quando a pessoa entra no cinema ou no teatro. Apesar da constatação científica, os motivos ainda estão sendo avaliados. "Esta será uma segunda etapa do estudo. Mas ainda é um mistério para nós", diz Aloísio Perez, coordenador do Nupal.

A pesquisa revelou ainda que, para 20% das pessoas, a vontade de tossir é três vezes maior na hora da revelação do assassino do filme ou no diálogo final dos personagens da peça.

ÔNIBUS LANÇAM ASSENTOS PREFERENCIAIS PARA PESSOAS QUE FINGEM ESTAR DORMINDO

Uma novidade polêmica tem tomado conta de todo o Brasil: empresas de ônibus acabam de lançar assentos preferenciais para pessoas que fingem dormir durante a viagem.

Segundo a Associação de Donos de Transportes Extremamente Lotados (ADTEL), o pedido não surgiu por parte dos pseudodorminhocos, mas por clamor de idosos, gestantes e pessoas com deficiência que ficam sem ter onde sentar porque seus lugares acabam sendo utilizados para estes fins teatrais.

Os mais otimistas acreditam que, com esta medida, idosos, gestantes e deficientes voltarão a ter o mínimo de conforto na viagem, porém os pessimistas alertam que os ônibus não terão assentos para aconchegar tantos favorecidos.

CONCURSOS DE BELEZA TERÃO QUE TER COTAS PARA FEIOS, AFIRMA GOVERNO

Em mais uma medida inclusiva, o Governo Federal decretou que a partir de agora todos os concursos de beleza terão que ter cotas para feios. Segundo o Ministério da Diversidade Facial, esta medida faz com que paulatinamente o conceito de beleza seja alterado e passem a se aceitar outros padrões de feições não tão simpáticos aos olhos nacionais.

Segundo Cleide Magalhães, uma das primeiras beneficiadas pelo projeto, a medida é muito interessante e suas chances de ganhar concursos não são tão remotas quanto parece: "Há muita gente que acha bonito ser feio", declarou. O cantor de rock Serguei aprovou a medida.

O governo trabalha ainda em outros projetos de inclusão. A comissão que estuda o tema quer vagas para gagos como locutores e anões como ascensoristas. "Não é só porque eles não alcançam os botões que eles não podem trabalhar", disse um técnico.

MAIORIDADE PENAL: ALUNOS QUE MATAM AULA PODERÃO RESPONDER POR HOMICÍDIO

O deputado Geraldo Estevão Duarte defendeu nesta manhã que a redução da maioridade penal deve servir não só para garantir a segurança da população, mas também para alavancar a educação do país. O deputado apresentou um projeto em que aluno que mata aula deverá responder por crime de homicídio.

Geraldo Estevão falou à nossa equipe de jornalismo: "O que é matar uma pessoa diante de matar a formação de uma geração? Como fazer o aluno estudar se não aumentar as punições para os que abdicam de ocupar as carteiras das escolas? Prometo não parar por aqui, aluno que mata aula terá que responder por homicídio e, futuramente, espero que consigamos punir também aqueles que enforcam feriados".

90% DAS PESSOAS NÃO SABEM PERCENTUAL; 15% SABEM

Uma pesquisa do Instituto Nupal revelou que quase metade dos brasileiros não sabe percentual: só 15% conseguem saber. Entre os entrevistados, 15% disseram que conseguem fazer a divisão, mas admitem que são a maioria.

Outra dificuldade apontada pelo estudo é no português? Muitos alunos, não sabem, usar, a pontuação! Correta?

NETA CONSEGUE LIMINAR QUE IMPEDE AVÓ DE PERGUNTAR SOBRE NAMORADOS

A estudante universitária Luiza Couto conseguiu uma liminar que impede sua avó Dolores Couto de perguntar sobre namorados durante a ceia de natal da família Couto. Livre do constrangimento por que vem passando durante os últimos natais, Luiza agora batalha na Justiça uma outra liminar que impeça seu tio Osmar de perguntar "e aí, não vai se formar, não?".

"PARTIR PARA NOVOS DESAFIOS" FINALMENTE ENTRA NO DICIONĀRIO COMO SINÔNIMO DE "DEMITIDO"

Quem nunca recebeu um e-mail na empresa afirmando que um colega de trabalho "partiu para novos desafios"? A forma educada de dizer que alguém foi desligado está com os dias contados. A editora que publica os dicionários Saber anunciou que a partir da próxima edição a expressão "partir para novos desafios" será listada como sinônimo de "demissão".

Essa não é a única novidade do ano. "Conheci uma pessoa" será listado também como "Sou gay mas não tenho coragem de assumir". Entre políticos, a frase "É uma pessoa ilibada, da maior honestidade" passará a significar "ladrão".

URRAR NA ACADEMIA NÃO ACELERA CRESCIMENTO MUSCULAR

Um levantamento do Nupal (Núcleo de Pesquisas da América Latina) mostrou que urrar como um urso tendo orgasmos não afeta o resultado dos exercícios físicos.

Pesquisadores acompanharam 1200 praticantes de musculação durante seis meses. Eles constataram que aqueles que urraram durante as aulas tiveram o mesmo resultado dos que malharam quietos.

Os cientistas não conseguiram descobrir por que as mulheres usam meião para malhar. Também não foi esclarecido por que as pessoas que vão para a academia dizem que vão treinar.

COMPROVADO: CADA MINUTO NA ESTEIRA DA ACADEMIA TEM 600 SEGUNDOS

O que todos já desconfiavam agora foi comprovado pela ciência. Pioneiros em estudos sobre o Tempo da Universidade de Cambridge, na Inglaterra, descobriram que quando o ser humano está fazendo exercícios na academia – seja na esteira, na bicicleta ou no transport – o tempo se transforma. Um minuto de um fim de semana, por exemplo, tem 60 segundos. Na esteira, tem 600. "Por isso aquela sensação de que você foi ao Japão e voltou, mas o cronômetro só mostra 8 minutos", diz Henry Phynes, coordenador do estudo.

O mesmo acontece em outras situações. Numa sexta-feira, no trabalho, quase na hora da saída, cada minuto tem cerca de 300 segundos. Se é a sexta-feira antes das férias, o minuto tem cerca de 900 segundos.

ENCONTRADO PRIMEIRO MOTORISTA QUE FEZ TRÂNSITO ANDAR POR CAUSA DE BUZINADA

O motorista Leandro Vasconcelos é o único no mundo que consegue abrir todo o trânsito à sua frente com uma buzinada. Ontem ele fez o trajeto do Centro à Zona Sul do Rio de Janeiro em apenas 18 minutos, graças à sua buzina. "Eu aperto a buzina e todos os carros saem da frente, é uma maravilha. Nem me lembro mais qual foi a última vez que fiquei preso no trânsito".

CLIENTE PEDE EM CASAMENTO GARÇOM QUE TROUXE A MĀQUINA DO CARTÃO JUNTO COM A CONTA

Quem disse que o amor morreu? A arquiteta Maria Socorro Schmidt diz ter encontrado o homem de sua vida durante um almoço de negócios no fim de dezembro. "Eu estava lá tomando o cafezinho e pedi a conta para esse garçom, o Renato," diz Maria. "E de repente vejo ele vindo com a conta e...". Neste momento, Maria para, emocionada. "Ele trazia nas mãos a conta e a maquininha do cartão... Quase não acreditei".

Maria diz que não pensou duas vezes. "Propus casamento na hora. Um homem desses a gente não pode deixar escapar." De casamento marcado para maio, Maria e Renato vivem o auge da paixão. "Ele coloca a bebida no meu copo devagar, sem derramar", diz, com brilho nos olhos.

EDITOR DE PALAVRAS CRUZADAS É FLAGRADO INCENDIANDO LOJA DE SMARTPHONES

O filólogo Pedro Nabuco de Souza Neto foi preso em flagrante na tarde desta quarta-feira após atear fogo em uma loja de smartphones na zona leste de São Paulo. Pedro Nabuco é editor e proprietário de uma revista de palavras cruzadas e acusa o advento do smartphone de ter arruinado seu negócio: "Esses malditos aparelhos com acesso a internet acabaram com meu negócio. Ninguém mais faz palavra cruzada no ônibus, no metrô ou no WC. Eu acabei perdendo a compostura. Peço perdão pelo meu deslize", declarou o filólogo arrependido.

Pedro Nabuco foi transferido para a penitenciária do Tremembé e foi isolado dos outros presos após agredir um colega de cela que estava acessando as redes sociais pelo smartphone.

EMPRESAS AÉREAS FORJAM TURBULÊNCIAS PARA NÃO SERVIR LANCHES DE PASSAGEIROS

Você já parou para pensar se todas as turbulências enfrentadas durante um voo são reais? Esta pergunta foi feita pelo cientista Alberto Mendeiros, que descobriu que 87% das turbulências são forjadas pelos pilotos, sob ordens da companhia, para não servir lanche aos passageiros. Segundo um piloto, que não quis se identificar, "as empresas têm vergonha de não ter dinheiro para servir lanche, então mandam a gente ficar sacudindo o avião de um lado para o outro e cancelar o serviço de bordo".

O caso foi parar na defesa do consumidor, porém nenhuma empresa de aviação foi punida. Segundo o juiz Estevão Garcia, "é muito mais ofensivo servir uma barrinha de cereal do que não servir nada".

ADOLESCENTE SAI DO QUARTO E MÃE CHAMA POLÍCIA DIZENDO QUE HÁ UM ESTRANHO NA CASA

Aconteceu em Maringá, no Paraná. A professora de inglês Denise Saboya, de 42 anos, corrigia provas de seus alunos quando ouviu um barulho no corredor. Como era noite da última segunda-feira, ela sabia que não era o marido, pois nestes dias ele tem pós-graduação. Curiosa, foi olhar. Já na porta do quarto, deu de cara com um estranho usando camisa encardida e a barba por fazer. Deu um grito e se trancou no quarto. Pegou o celular e ligou para a polícia.

O socorro chegou rápido. A porta de sua casa foi arrombada, e o estranho dominado. Os policiais se surpreenderam, no entanto, quando o rapaz chamou a dona da casa de... mãe. Curiosa, Denise se aproximou do rapaz. E ocorreu a revelação: ele era seu filho, Diogo, de 17 anos. "A escola dele estava em greve e ele não saía do quarto há muito tempo, só jogando videogame e vendo série de TV. Eu esqueci como ele era!", explica a professora.

Revoltado com o ocorrido, Diogo se trancou no quarto e não sai há três dias.

VENDEDORA OUVE "SIM" AO PERGUNTAR SE O CLIENTE QUER CARTÃO C&A E FICA SEM SABER O QUE FAZER

A vendedora Anabela Sampaio, de 22 anos, ficou em estado catatônico hoje pela manhã e permanece assim depois de 8 horas. O caso aconteceu em Piracicaba. Anabela começou a trabalhar normalmente abordando clientes na C&A quando uma mulher respondeu que sim, queria o cartão. Ela congelou e ficou sem saber o que fazer. Houve correria e pânico entre as colegas.

"Eu nunca vi alguém dizer isso, então se fosse comigo eu também não saberia o que fazer", confessou outra vendedora.

O caso lembrou o de um cliente de restaurante que congelou quando o garçom lhe respondeu a senha do Wi-Fi sem vacilar.

PROFESSOR DA REDE PÚBLICA RECEBE HOMENAGEM DOS ALUNOS E SÓ TEM UM PNEU DO CARRO FURADO ESSA SEMANA

Em uma escola da rede pública de ensino do Rio de Janeiro, um professor recebeu uma homenagem de seus alunos pelo Dia do Professor e durante toda a semana teve apenas um pneu do seu carro furado.

"Fiquei muito contente com a generosidade dos meus alunos, com apenas um pneu furado pude voltar para casa usando o carro sem ter que deixá-lo no estacionamento da escola até que eu possa pegar um empréstimo para comprar outro pneu. O que acontece sempre", disse o professor, que preferiu não se identificar para não chamar atenção e atrair mais problemas.

Na mesma escola, um outro professor decidiu aplicar prova na véspera do feriado, para tentar amenizar as consequências que sofreria pelas eventuais notas baixas. O professor esperava ser perdoado por causa do feriado, mas atualmente encontra-se desaparecido.

OBRAS NO MARACANÃ ACABARÃO DURANTE O JOGO DE INAUGURAÇÃO DO ESTÁDIO

As obras do Maracanã estão atrasadas, mas não o suficiente para atrapalhar sua inauguração. Segundo a Empresa de Obras Públicas do estado (Emop), a inauguração ocorrerá de qualquer jeito e algumas etapas mais simples como a colocação das traves e demarcação do gramado serão feitas durante o próprio jogo.

O governo do estado se pronunciou dizendo que já solicitou que durante a estreia os jogadores não tentem fazer gols nos primeiros minutos, pois provavelmente as traves ainda não estarão colocadas, mas com certeza, para o segundo tempo, já estará tudo certo como o torcedor merece.

O governador disse também que há uma pequena chance de a arquibancada não ficar pronta, mas assegurou que ao redor do estádio haverá muitos bares com televisão e transmissão ao vivo.

BANCÁRIOS DA CAIXA ESTÃO EM GREVE HÁ DOIS ANOS E NINGUÉM PERCEBEU

A greve dos bancários chega a duas semanas e continua a causar transtornos para quem deseja utilizar serviços nas agências. Sem perspectiva de acordo, o Sindicato dos Bancários diz que não voltará a trabalhar tão cedo.

Em meio a tudo isso, um fato curioso: os bancários da Caixa Econômica Federal não estão em greve há duas semanas, mas há dois anos. Aparentemente, nenhum cliente havia reparado até então.

"Não vi diferença no atendimento de duas semanas para cá, que foi quando começou a greve geral", disse a dona de casa Maria da Conceição. "Tudo igual. A gente demorando cinco meses para tirar um extrato, sete meses para descontarem um cheque".

Foi aí que os frequentadores de uma das agências que visitamos começaram a desconfiar. Assim que um funcionário da Caixa que fazia piquete apareceu, a verdade veio à tona. "Estamos em greve há dois anos, como ninguém sabia?", perguntou.

A resposta foi dada por ele mesmo. Escalado para fazer piquete na agência em setembro do ano passado, ele havia aparecido pela primeira vez naquele dia.

"Sabe como é...", comentou. "Nossas taxas são mais populares".

FUTUROS JOGADORES DE FUTEBOL SERÃO NEGOCIADOS DENTRO DO ÚTERO DAS MÃES

A polêmica transferência de jogadores brasileiros para o exterior cada vez mais cedo ganhará um novo fôlego. Um grupo de investidores anunciou ontem que vai começar a comprar futuros jogadores de futebol antes mesmo do nascimento. Pesquisadores conseguiram isolar o gene da coordenação motora e selecionarão fetos a serem negociados. "Constatamos que nos jogadores o nível do gene da coordenação é muito maior do que nas pessoas comuns", disse Pedro Fontes, que coordenou a pesquisa.

Representantes dos investidores vão procurar grávidas nas favelas e oferecer R$ 2 mil pelo passe do futuro jogador. "É evidente que a pesquisa vai indicar um potencial jogador, mas isso pode não se concretizar. Aliás, é o que vai acontecer com a maioria. É um dinheiro que já ajudará na casa, independentemente de o menino vir a ser mesmo jogador", disse Carlos Santana, diretor da agência. Para Santana, mesmo com a quantidade de meninos não aproveitados, o negócio será lucrativo. "Se de cada mil a gente acertar um, vamos ganhar muito dinheiro", disse ele.

A empresa pode ir além. Santana diz que estudos já estão avançados para identificar os espermatozoides responsáveis por esses fetos. Desta forma, os jogadores seriam contratados antes mesmo da concepção. "Já identificamos alguns espermatozoides que cabeceiam o óvulo muito bem", diz.

CORINTHIANS É CAMPEÃO DO MUNDO E REFÉNS COMEÇAM A SER LIBERTADOS

Após a vitória do Corinthians sobre o Chelsea os parentes dos jogadores do adversário começaram a ser liberados. Ontem à noite, dezenas de sequestros aconteceram no Japão, colocando a polícia em estado de alerta. Agora, após a vitória, todos foram soltos.

Entre os reféns estavam os filhos do presidente do Chelsea e dos principais jogadores do time. O grupo de sequestradores foi o principal reforço do time do Corinthians esse ano e estava mantido em segredo desde então.

O governo de São Paulo já começou a se preparar para o retorno da onda de violência, já que os corintianos estão voltando ao estado. Jornais de São Paulo já preparam o título de amanhã. O mais cotado, até agora, é "Corinthians rouba o título do Chelsea".

Outra ação foi ameaçar a bola. Um "fiel" foi visto com uma faca ameaçando furar a redonda caso ela entrasse. No último lance do jogo, a bola correu para a trave, com medo.

PARA GARANTIR MAIS MEDALHAS, BRASIL QUER QUE BATE-BOCA EM FACEBOOK SEJA MODALIDADE OLÍMPICA EM 2016

O Comitê Olímpico Brasileiro (COB) entrou com um pedido junto ao Comitê Olímpico Internacional (COI) nesta segunda-feira para fazer com que bate-bocas de Facebook se tornem modalidade olímpica.

O objetivo seria garantir mais medalhas para o país. Segundo o presidente Carlos Arthur Nuzman, pesquisas feitas pela instituição revelam que o esporte com mais praticantes no país são as discussões eternas em comentários do Facebook, superando pela primeira vez o futebol.

"Mais gente praticando significa que temos mais chances de ter grandes revelações", disse Nuzman. "Eu mesmo tenho um primo distante que não pode ver alguma notícia sobre Dilma que começa a brigar. É um fenômeno. Ele consegue manter cinco brigas funcionando ao mesmo tempo. Se aprovarmos esse pedido, tenho certeza de que o Brasil pode até ultrapassar a China no quadro de medalhas".

No pedido que regulamentaria a modalidade olímpica, está discriminado que, quanto mais inútil e a menos conclusões se chegar na discussão, mais pontos são dados ao esportista. "Nisso somos especialistas", disse Nuzman.

CAIXA ECONÔMICA DECLARA QUE SÓ PATROCINOU FLAMENGO PARA DIMINUIR ASSALTOS ÀS SUAS AGÊNCIAS

A direção da Caixa Econômica Federal declarou hoje que só está patrocinando o Flamengo porque vinha sofrendo muitos assaltos em suas agências e está tentando diminuir o crime comum: "Queremos mostrar pra eles que estamos do mesmo lado, afinal, banco também rouba muito, é quase a mesma coisa que torcedor do Flamengo. Nós ainda podemos oferecer a eles formas de roubar e enriquecer, pois esta coisa de roubar e continuar pobre, na miséria, não está com nada".

A Caixa Econômica disse que a pressão dos torcedores do Flamengo era tanta que eles aceitaram inclusive usar o logotipo da empresa sobre o vermelho, coisa que nunca tinha acontecido antes na história do banco. Acusada por torcedores de fazer uma camisa feia e usar o logo da Caixa indevidamente, a Adidas declarou que as reclamações são apenas boatos, se os torcedores do Flamengo não gostassem da marca, a Adidas não seria a maior evidência em roupas de traficantes, assaltantes e sequestradores detidos pela polícia.

RESOLVER PROBLEMAS BANCÁRIOS POR TELEFONE JÁ MATA MAIS QUE DOENÇAS DO CORAÇÃO

O publicitário Nelício Mendonelli, de 42 anos, teve um infarto fulminante após uma ligação para a Caixa Econômica Federal. Nelício é mais uma das milhares de pessoas que morreram tragicamente tentando resolver problemas bancários pelo telefone. Os problemas no começo aparentam simplicidade, como um erro no cadastro, um endereço desatualizado, o que faz o usuário optar por "perder alguns minutinhos" tentando resolver por telefone. Mas os minutinhos rapidamente se transformam em horas, e o que era simples na verdade é tão complexo que envolve transferências de ligações entre dezenas de departamentos e um infinito de explicações. Infelizmente nesses casos o usuário não dura o suficiente até ouvir que o problema só pode ser resolvido em uma agência.

Esse mal já ocupa o primeiro lugar da OMS como "coisas que matam de raiva", deixando para trás outras pragas modernas como "farol alto no retrovisor" e "abrir embalagem de DVD".

LULA DIZ QUE NINGUÉM É MAIS HONESTO QUE ELE E É O NOVO COLUNISTA DO SENSACIONALISTA

"Não tem uma viva alma mais honesta do que eu". Foi arrancando gargalhadas da plateia que Lula encerrou seu número de stand-up comedy em um encontro com blogueiros. Após o ex-presidente demonstrar que possui ótimo senso de humor e que é capaz de inventar pérolas como esta, os editores do Sensacionalista convidaram Luiz Inácio para ser o mais novo colunista do site.

"Se a Folha tem uma coluna de humor com Kim Kataguiri, por que não podemos ter uma coluna de política isenta de verdade com o Lula?", indagou Otileno Junior, presidente das Organizações Sensacionalista.

Lula começa a escrever no Sensacionalista assim que encerrar sua turnê com seu número de comédia "não sei de nada", que está rodando os teatros de todo o Brasil.

"Fui possuído por um saco de biscoitos de polvilho"

"Meu nome é G. Tenho 39 anos. Posso dizer que sou – ou era – um homem comedido. Minha mãe conta que quase não chorei ao nascer. Os médicos chegaram a pensar que eu estava morto. Mas eu respirava. Devagar e profundamente. Criança, eu jamais comia sem fome. Enquanto meus amigos estragavam o apetite com quilos de balas e chocolates, eu costumava levar quinze ou vinte minutos para terminar uma bolacha recheada. Abria as duas partes com precisão cirúrgica, lambia o creme sem ansiedade e, depois, com os lados já sequinhos, eu roía em pedacinhos até o fim. Muitas vezes vi um filme inteiro neste processo. Adolescente, gostei apenas de uma menina. Nem bonita, nem feia; nem inteligente, nem burra; nem alegre, nem triste. Casamos assim que me formei em Medicina. Sou neurocirurgião, uma profissão que exige dedicação e paciência. Tive apenas um filho, para poder dar-lhe de tudo. Teria dinheiro para comprar uma mansão, mas o apartamento de dois quartos no bairro onde eu nasci me é suficiente.

Eu vivia minha vida equilibrada, até que fui à reunião na casa da tia da minha mulher. Um lanche de comemoração pelos seus 70 anos. Coisa simples, do jeito que eu gosto. Poucos convidados, uma toalha de mesa com motivos florais, suco de caju e um bolo formigueiro que nos esperava para a hora do parabéns.

Tudo corria bem.

Mas foi nesse dia que tudo mudou.

Enquanto esperávamos a chegada de uma prima muito querida para cortar o bolo, Tia Judite colocou na nossa frente um enorme saco de biscoitos de polvilho. Com um sanduíche de presunto e metade do copo de suco, eu já tinha me dado por satisfeito. Mas aquele saco de biscoito de polvilho, com letras vermelhas e amarelas, me atraiu de forma implacável. Era mágico. Minha mulher abriu a embalagem enquanto ouvia a tia contar sobre a gravidez de uma vizinha adolescente. Pegou dois biscoitos e colocou na boca, afastando o saco com as mãos na minha direção. Por algum motivo que desconheço, meti as mãos dentro do plástico e senti os biscoitinhos, que pareciam pequenos ossinhos, amontoados, semiencaixados. Fechei os olhos e peguei uns cinco. Levei à boca.

Senti a crocância invadir minha alma. Não tenho certeza, mas acho que babei. Sem controle dos meus atos, meti a mão de novo no saco e peguei mais oito ou dez. Enquanto os levava à boca, pegava mais com a outra mão e levava à boca mastigando com ansiedade, enquanto pegava outros e outros, num revezamento louco e descontrolado. Eu não era mais eu. Uma força sobrenatural havia me possuído. Só parei, extenuado, quando o saco estava completamente vazio. Vi, então, que minha mulher, meu filho, Tia Judite e outros convidados me olhavam assustados. Meu rosto, minha camisa e a mesa eram puro farelo. Tentei dizer alguma coisa, me desculpar, mas os sulcos dos meus dentes e a parte interna das minhas bochechas estavam cheios de polvilho e saliva, numa papa que me impedia de articular a fala.

Nunca tive tanta vergonha de mim. Nem quando deixei escapar um gozo sonoro na frente de minha mulher, após ficarmos separados por um mês, quando viajei para um curso em Cleveland.

Talvez percebendo o quanto eu me sentia humilhado, Tia Judite agiu em meu socorro. Garantiu que o biscoito de polvilho tem mesmo o poder de tirar homens e mulheres do sério. 'Alguns historiadores chegam a dizer que Hitler e Napoleão perderam a guerra por causa deles. Perderam o foco', garantiu. Todos concordaram e contaram suas próprias histórias de extermínio de biscoitos de polvilho, sozinhos ou em grupo.

Quanto a mim, emudeci até o fim da festa e dispensei o bolo.

Nunca mais fui o mesmo.

Não me reconheço.

E nunca mais me aproximei... daquilo... cujo nome prefiro não mais pronunciar."

MUNDO

FIM DO MUNDO É PEGO NO ANTIDOPING POR USO DE ASTEROIDES

A NASA, agência espacial americana, divulgou mais uma vez a notícia de que o mundo pode acabar. Assim que a revelação chegou ao público, a Agência Mundial Antidoping (WADA) enviou representantes até Houston para realizar um exame antidoping nos cientistas que divulgaram a descoberta.

Após a realização dos testes, o resultado foi divulgado: positivo para a presença de asteroides. "O uso de asteroides na comunicação de eventos de extinção em massa é considerado trapaça desde 1986, portanto, estamos desqualificando essa notícia. Não haverá fim do mundo", concluiu o relatório da agência. Os cientistas envolvidos foram suspensos de suas funções e não poderão participar do próximo alerta de apocalipse.

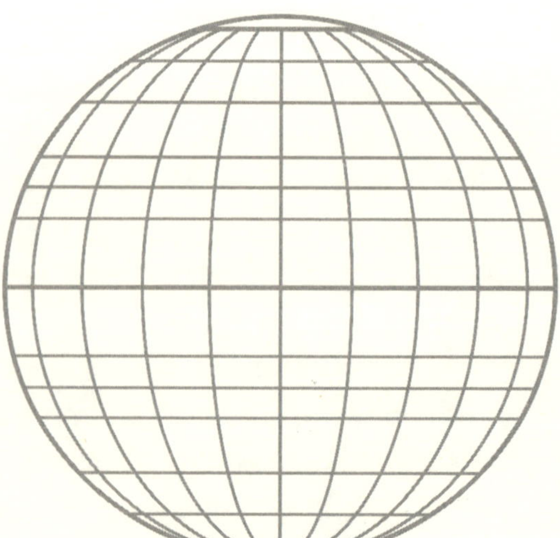

ATIVISTAS DO GREENPEACE PROTESTAM CONTRA SURFISTA QUE IMPEDIU TUBARÃO DE COMÊ-LO

Um grupo de ativistas do Greenpeace foi até a África do Sul ao encontro do surfista Mick Fanning. Mick foi atacado por um tubarão em Jeffrey's Bay durante a final da etapa sul-africana do WCT.

Os ativistas protestam contra Mick por ter privado o pobre animal de se alimentar. O ato foi encarado como crueldade contra os animais e Janning deve ser processado pelo Greenpeace.

Alguns ativistas tentaram se acorrentar ao tubarão como forma de protesto, mas desapareceram rapidamente nas águas de Jeffrey's Bay e ainda não há notícia do paradeiro deles.

TUBARÃO GOURMET DIZ QUE NÃO COMEU SURFISTA PORQUE NÃO ESTAVA DESCASCADO

O tricampeão mundial de surfe Mick Fanning passou por um grande susto na final da etapa sul-africana da Liga Mundial na tarde de ontem. Atacado por um tubarão entre baterias, ele foi resgatado sem nenhum arranhão.

Nossa reportagem, depois de deixar diversas mensagens, conseguiu fazer contato com o tubarão. Avesso aos holofotes, o tubarão disse que não gosta da forma como é tratado na mídia: "Desde o Spielberg as pessoas fazem uma imagem muito errada da gente", disse. "Como se a gente fosse animal irracional. Pois saibam que não comi o surfista porque eu aderi à onda das coisas descascadas. Aliás, já sigo essa tendência muito antes da mexerica descascada do Carrefour. Não tenho paciência para ficar descascando aquela roupa de neoprene. Quero ver o que estou comendo".

Logo após o ataque frustrado, houve boatos de que o tubarão teria sido contratado por ex-namorados que perderam mulheres para surfistas. "Pensamos se tratar de uma vingança em massa depois de descobrir que existe essa organização de ex-namorados de moças que os abandonaram por surfistas. Nesta etapa havia mais ou menos 500 mulheres que haviam largado os namorados para ficar com eles. E eram apenas 20 surfistas", disse um representante da polícia sul-africana.

FIFA EXPULSA DIRIGENTE QUE NÃO ESTAVA ENVOLVIDO EM CORRUPÇÃO

Um dirigente da FIFA foi expulso hoje pela manhã dos quadros da entidade, depois que ficou comprovado que ele não estava na lista de corruptos. De acordo com uma fonte, o dirigente tentou se defender alegando que era corrupto, sim, mas que escondeu bem suas provas. Um executivo ouvido disse que os colegas ficaram muito irritados após a prisão de sete membros da entidade. "Ele não tinha o direito de fazer isso com os outros, onde é que já se viu?", afirmou esse diretor, por telefone, de dentro da cadeia.

Em comunicado, a entidade negou que a próxima Copa do Mundo será realizada em Guantánamo. Dirigentes brasileiros foram solidários aos colegas da FIFA e ofereceram ajuda. "Eles podem vir aqui fazer um estágio para aprender a roubar e nunca serem presos. A gente tem muita experiência e pode ajudar", afirmou um dirigente.

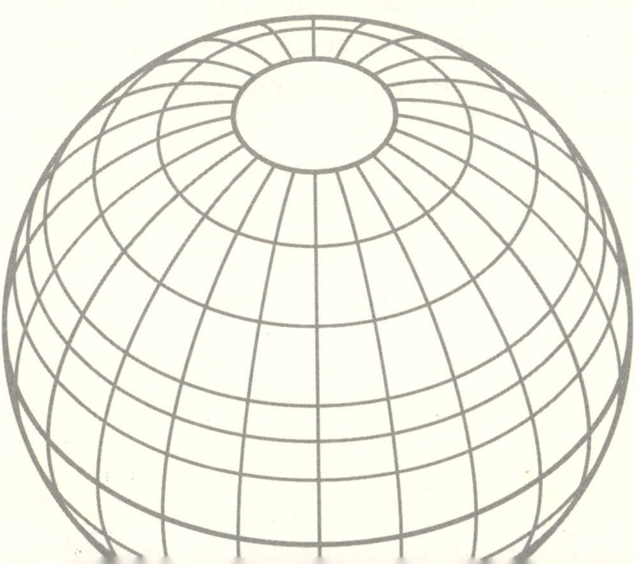

NOVA LEI: CRIANÇAS NÃO PRECISAM MAIS OBEDECER AOS PAIS

Uma modificação na Convenção Internacional dos Direitos das Crianças, das Nações Unidas, válida a partir de zero hora de hoje, liberta as crianças do mundo inteiro do controle paterno. Isso significa que os pequenos adultos – como deverão passar a ser chamados – não vão precisar mais fazer o que mandam seus pais. A decisão foi tomada em caráter de urgência pelos delegados das nações que compõem a ONU.

"As crianças têm direitos como qualquer ser humano. Ficar sob a tutela dos pais até o fim da adolescência era uma espécie de escravidão a que os submetemos", diz Marie Colbert, representante da França no comitê Free Kids. No Brasil, o Estatuto da Criança e do Adolescente já está sendo modificado.

Para comemorar a libertação infantil, que já está sendo comparada à Lei Áurea, centenas de crianças abandonaram os bancos escolares e ganharam as ruas das principais capitais do mundo, causando engarrafamentos de quilômetros, ao brincar de pique e queimado em vias de grande movimento. "Na verdade apenas formalizamos o que já vinha acontecendo nos lares de todos os países", diz a psicóloga americana Kizzy Fonda. "Há muito tempo os pais já não apitavam de verdade mesmo".

PORTUGAL: MENDIGOS CORTAM A MÃO PARA FINGIR QUE SÃO MANETAS

Autoridades portuguesas estão preocupadas com um novo golpe na praça. Depois do escândalo do aluguel de bebês usados por mendigas para provocar pena e ganhar mais esmolas, mendigos de Portugal estão cortando as próprias mãos para fingir que são manetas. A polícia portuguesa prendeu só na última semana sete falsos manetas.

"Isso é um absurdo e um abuso da boa-fé das pessoas. O sujeito corta a mão e sai pelas ruas fingindo que não tem mão, só para ganhar mais", disse o chefe de polícia de Lisboa, Antônio Soares Saldanha.

A ação da polícia não assusta os mendigos. "Já tem muita gente fingindo que está sem mão. A concorrência está demais. Eu vou cortar a perna na semana que vem e fingir que sou perneta", disse um mendigo que pede esmolas na capital.

INGLÊS É CONDENADO A COMER EM FAST-FOOD POR 5 ANOS

Um homem na Inglaterra foi processado por uma rede de fast-food devido a um comentário feito em um site de relacionamentos na internet e acabou sendo condenado a comer pelo menos uma vez por dia durante cinco anos em um dos restaurantes da rede. Robert Pykles escreveu em sua página que "quem come carne de minhoca é pássaro", se referindo a uma famosa rede de fast-food.

O comentário rendeu um longo processo na Justiça, que teve fim com a decisão do juiz Ronald Sanders, que condenou o réu a fazer pelo menos uma refeição diária durante um período de cinco anos em qualquer loja da rede como forma de indenizar a empresa, já que Pykles não dispõe de recursos para pagar uma indenização.

A polêmica decisão revoltou profundamente a Anistia Internacional. "Essa decisão é completamente degradante e desumana, já entramos com uma representação junto à ONU citando a convenção de Genebra. Nenhum ser humano pode ser exposto a uma pena tão cruel", disse um representante da entidade.

Mas a sorte de Pykles pode mudar: o acusado foi procurado pelo diretor Morgan Spurlock, a quem vendeu os direitos de sua história, que será lançada no cinema com o título de "Super Size me 2: A vingança do palhaço".

PESQUISAS COMPROVAM QUE ÁGUA PODE CAUSAR CÂNCER

Um pool de cientistas dos Estados Unidos e da Inglaterra descobriu que beber água pode causar câncer. O grupo de pesquisadores, que estuda o tema há duas décadas, chegou ao resultado depois de comprovar que 100% das vítimas da doença bebiam água.

"Durante os últimos anos, listamos alimentos que poderiam ser cancerígenos, mas sempre havia dúvida sobre os reais perigos de cada um. Afinal, cada ser humano tem um tipo de dieta", diz Lawrence Smith, coordenador do grupo. "Mas depois de cruzarmos dados de doentes em todo o globo terrestre e em toda a história, chegamos a esta revelação: todos tomavam água".

A divulgação da pesquisa e o combate à ingestão da substância já começou em todo o mundo. No Brasil, o compositor Marcelo Camelo lidera a campanha. Vai ficar 30 dias sem beber água.

LANÇADA EM LISBOA A CANECA COM ALÇA PARA CANHOTOS

A 22ª Feira de Design de Lisboa continua a surpreender. Depois da cadeira de duas pernas e do cinzeiro de papel crepom, os designers portugueses lançaram hoje a caneca com alça para canhotos.

A caneca é surpreendentemente parecida com uma caneca comum. Alguns críticos até disseram que se trata de uma caneca normal girada 180º. Sobre isso, o curador da feira, o lisboeta Roberto Joaquim Ronaldo, foi taxativo: "O verdadeiro gênio nunca é compreendido por seu tempo. No caso da caneca para canhotos, a genialidade é tanta que talvez ela nunca seja entendida".

"É um produto revolucionário sob todos os ângulos. Nós canhotos sempre nos sentimos excluídos", diz o designer Manoel Vira, criador da peça. "Digo que essa é uma revolução cultural porque nós portugueses temos uma grande tradição na gastronomia. Sei que no Brasil muitos portugueses são donos de padaria. E o que pouca gente sabe é que até hoje eles serviram a média em copo americano para não desagradar aos clientes canhotos".

Sempre inquieto, o designer Manoel Vira já pensa em seu próximo projeto: "Meu maior sonho é criar a lente de contato com armação e o ventilador que funciona debaixo d'água para refrescar os banhistas".

ACUSADO PORTUGUÊS QUE ALEGAVA INOCÊNCIA MATA NOVAMENTE DURANTE RECONSTITUIÇÃO DE CRIME

Acusado de ter matado a própria mulher e alegando inocência, o comerciante português Álvaro Oliveira matou uma policial durante a reconstituição do crime. Ele foi preso em flagrante pela polícia de Lisboa.

Manoel reconstituía os passos do crime acontecido no mês passado. Ele entrou em casa e começou a discutir com a policial, que fazia o papel de sua mulher. Irritado com a discussão, Manoel sacou a arma da agente e deu dois tiros, para surpresa de todos. Ao ser levado preso, Manoel gritava: "Como ela tem a audácia de me chamar de corno de novo?".

RELATOS DA VIDA SEM WHATSAPP

Um dia, o Brasil acordou sem o WhatsApp, e quando contarem esta história no futuro ninguém mais vai se lembrar por quê – ou nem o que era o WhatsApp, o aplicativo de troca de mensagens por celular que fez as pessoas esquecerem que pessoas existem. Esse histórico dia mudou a vida de algumas pessoas. Emocione-se com os relatos:

Baixei o aplicativo para usar o WhatsApp mas não adiantou muita coisa, ninguém responde. É como se eu tivesse sobrevivido a um apocalipse zumbi.

Tem umas pessoas aqui em casa, acho que é da minha família.

Acabei de pegar uma vassoura e varrer a calçada em frente à minha casa, depois vou andar a pé um pouco por aí, acho que ouvir música no mp3 player...

Tem uma coisa muito esquisita aqui... Tem o formato retangular, com um monte de papel junto e muitas letras. O pior é que quando comecei a ler fazia sentido. Vou continuar a ler. Não me lembro se isso existia.

Quando eu tinha o WhatsApp, eu era meio doido, não ligava o que meus amigos falavam para mim, não queria saber o que minha mãe dizia ou reclamava, não prestava atenção nas aulas, eu era viciado, agora sou alguém mais educado, um ótimo conselheiro, ouvinte e filho, eu sou o Leandro, EU SOU A UNIVERSAL.

MÃES FAZEM GREVE POR MELHORES CONDIÇÕES DE TRABALHO

O movimento começou na Croácia, ganhou a Europa e agora chega ao Brasil: mães de todo o mundo, insatisfeitas com suas condições de trabalho e o baixo retorno por suas funções, devem paralisar suas atividades por 24 horas no próximo dia 25 de maio. Entre as reivindicações principais estão: os filhos devem escovar os dentes sem que elas precisem lembrá-los disso no fim de todas as refeições; nunca mais catar meias sujas e sapatos pelo chão e ter respostas melhores do que "a-hã" e "hum-hum".

A inédita greve das mães preocupa os patrões do mundo todo. Se elas pararem de cumprir a dupla jornada, assumindo as tarefas com as crianças, certamente os homens terão que se mexer e a grande maioria faltará ao trabalho. O movimento das mães se compromete a manter os serviços básicos mesmo no dia da paralisação: a amamentação está garantida, já que nessa função elas ainda não podem ser substituídas.

LANÇADO PRIMEIRO CARRO QUE JÁ VEM COM VAGA DE ESTACIONAMENTO

A grande novidade do Salão Automobilístico de Paris, iniciado nesta segunda-feira, não tem cavalos no motor nem preza pela aerodinâmica. Na verdade, ele sequer tem motor. Trata-se do Park One, o primeiro estacionamento móvel da história do automobilismo.

Iniciativa da montadora polonesa Polish, o Park One virá acoplado à nova perua da companhia, chamada de Karol II. A vaga é carregada pelo carro por meio de um reboque que carrega um pedaço de pavimento asfaltado. Assim que o carro para em algum lugar, basta dar ré sobre a vaga e pronto: o carro está estacionado.

Ideia do projetista português radicado na Polônia Manuel Pereira, o Park One já vem causando sensação. Uma padaria do Rio de Janeiro, que tem apenas 20 vagas em sua garagem, já encomendou duas mil Park One. "Só um engenheiro do glorioso Portugal para inventar um jeito de transformar 20 vagas em duas mil", disse Joaquim Machado, dono da padaria.

A NOVIDADE NO MERCADO DA ESTÉTICA É A CIRURGIA DE REDUÇÃO DA VAIDADE

Depois de plásticas inusitadas como implante de silicone no bumbum e reconstituição dos lábios vaginais, uma novidade promete unir estética e economia: a cirurgia de redução da vaidade. Uma vez operada, a pessoa diminui em até 40% o foco na beleza extrema e em até 37% as neuroses de achar defeitos em frente ao espelho.

Da mesma forma que a cirurgia que diminui o estômago só é autorizada pelos médicos para quem está obeso, a operação de redução da vaidade também tem seus limites: ela só pode ser realizada por pessoas que dão importância de peso às aparências.

Primeira cobaia neste tipo de procedimento, a socialite Telma Durão fez a operação há duas semanas e três dias depois desmarcou uma plástica de cílios e outra de tornozelo. "A cirurgia de redução da vaidade é supereconômica. Agora vou poder ir a Paris não só 17 vezes, mas 34 vezes por ano!", comemora.

COM MEDO DA CRISE DOS SETE ANOS, PORTUGUESA PEDE DIVÓRCIO AOS SEIS ANOS E ONZE MESES DE CASAMENTO

Maria Olivia D'Aveiro, 35 anos, moradora de Lisboa, entrou ontem no cartório com pedido de divórcio do marido Joaquim Bernardes, 39, com quem estava casada havia seis anos e onze meses. O motivo da separação: Maria queria fugir da temida crise dos sete anos que, segundo a lenda, acaba com os casamentos. "Amo profundamente meu marido e, antes que nos separemos por causa desta maldita crise que afasta os casais, fui esperta: separei-me dele antes!", declarou, à saída do cartório.

Em entrevista a um programa de televisão, a lisboeta contou que seus filhos, um casal de 10 e 12 anos, ficaram revoltados com a separação. Ela afirmou que, para evitar o período da adolescência, tão conturbado, só vai registrar o nascimento deles agora. "Em vez de estarem na adolescência, terão dois, três anos nesta fase tão complicada da vida das pessoas", afirmou.

EXCESSO DE PHOTOSHOP FAZ MODELO SUMIR DE CAPA DE REVISTA

A capa da edição francesa de Vogue que chegou às bancas essa semana trouxe uma surpresa. A modelo francesa Filippa Hamilton simplesmente desapareceu por conta do excesso de Photoshop. O designer responsável pela capa disse que o editor executivo insistiu para que ele continuasse afinando a modelo, que já é uma das mais magras do mundo da moda.

A capa abriu um debate na Europa sobre o excesso de magreza das modelos em revistas e passarelas. O designer contou os bastidores da publicação e disse que o editor não ficou satisfeito com o resultado. "O pior é que mesmo depois de ela ter sumido o editor ainda disse que ela estava um pouco gorda", disse o designer.

COM PAPA NO TWITTER, BÍBLIA GANHARÁ VERSÃO EM 140 CARACTERES PARA ATRAIR JOVENS

O papa Bento XVI finalmente resolveu aderir ao microblog Twitter e passará a fazer pregações diárias nas 149 línguas em que fala, o que provavelmente vai causar um grande flood na timeline de seus seguidores. Isto já preocupa alguns segmentos mais informatizados da igreja católica, que acham que estes perfis podem parar de seguir o papa e passar a seguir o Silas Malafaia, que faz postagens mais concisas usando apenas meia língua.

Pensando em adaptar o catolicismo para uma versão web, o Vaticano aproveitará o momento e lançará a primeira versão da Bíblia em apenas 140 caracteres. Há outros projetos de Roma pensando em alcançar o público web, tais como lançar uma versão da Bíblia em áudio com a voz da mulher do Google Tradutor, criar um canal no Youtube com situações engraçadas vividas pela Vossa Santidade e uma série de memes com fotos do papa associadas a versículos bíblicos. O esperado é que os projetos sejam um sucesso, pois segundo o próprio Vaticano é parte da essência cristã compartilhar.

PINTOR PORTUGUÊS SE DESTACA POR SER O PRIMEIRO ARTISTA A CRIAR UM AUTORRETRATO DE OUTRA PESSOA

O pintor neorrenascentista Manoel Cabralio entrou para a história da arte mundial ao pintar o primeiro autorretrato de outra pessoa. Críticos de todo o mundo estiveram em Lisboa para presenciar o quadro, que está sendo chamado de *Um outro de si*. Todos riram.

Segundo Manoel, a arte exige um processo de externalização do eu ao ponto de o eu tornar-se o outro e voltar ao si como se fosse algo além do eu cotidiano e costumeiro. O quadro, aclamado pelo público e pela crítica, entrará em breve em exposição no Louvre, e tem previsão de chegar ao Brasil logo após as Olimpíadas, quando o país voltar a si.

CIENTISTA DESCOBRE A CURA DO ALZHEIMER, MAS ESQUECE LOGO EM SEGUIDA

O pesquisador britânico Charles Taylor, 82 anos, entrou nesta manhã para a história da medicina mundial ao descobrir a cura do Alzheimer e esquecê-la em seguida. Segundo o amigo Emanuel Miller, Taylor telefonou por volta das 3 da madrugada feliz e gritou ao telefone: Finalmente consegui! Porém, pela manhã, quando Miller encontrou com Taylor em seu laboratório, ele já esquecera tudo. Charles Taylor sofre de Alzheimer e, há 15 anos, busca a cura de sua doença.

Ao ser procurado por jornalistas britânicos, Charles Taylor tinha esquecido não só a cura do Alzheimer, mas qualquer detalhe de sua pesquisa, sua profissão e seu nome. Emanuel Miller disse que ele é assim mesmo: agora temos que aguardar, pois pode acontecer de ele ter um lapso de consciência e lembrar como fez para achar a cura. A última vez que um fato marcante como este aconteceu, Taylor estava chegando em casa e levou três semanas para lembrar onde havia deixado a chave.

CHINESA É ENCONTRADA APÓS UMA DÉCADA VIVENDO EM LAN HOUSES

( ) Verdadeiro
( ) Falso

Verdadeiro. Não acredita? Então pesquise no Google esta manchete para descobrir.

BANCO GANHA PRÊMIO APÓS PRENDER PRIMEIRO LADRÃO EM PORTA GIRATÓRIA

Pela primeira vez na história um banco ganhou um prêmio ao prender um ladrão em uma porta giratória. O fato ocorreu no Brooklyn, EUA, após James Smith tentar entrar com uma bazuca e dois fuzis. Os guardas estranharam a movimentação e não entendiam por que a porta travava tantas vezes seguidas. Foi quando eles notaram que nas mãos do bandido estava o armamento. Os policiais se disseram muito surpresos com o fato, pois a porta giratória geralmente é feita para prender trabalhadores, idosos e mulheres gostosas facilmente irritáveis e capazes de fazer um striptease para entrar. O banco será premiado por seu serviço no combate ao crime e, depois disso, prometeu endurecer ainda mais a política de segurança: "pretendemos agora não deixar nem os funcionários do banco passarem!"

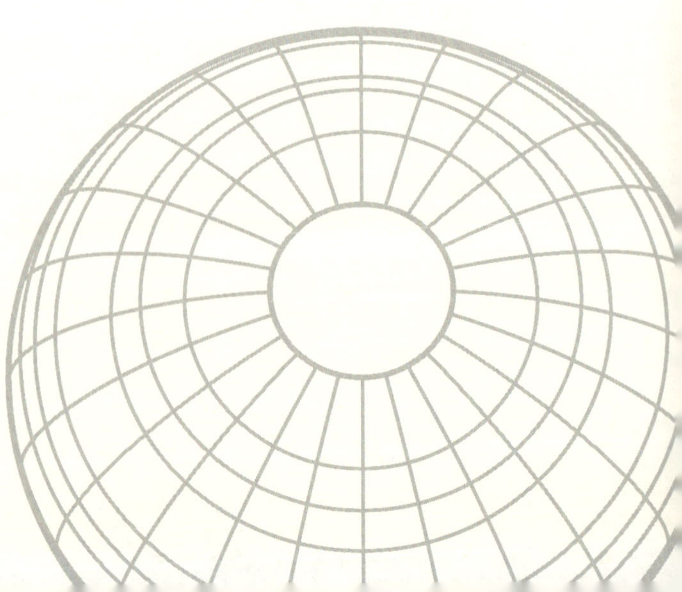

CIÊNCIA COMPROVA QUE SER BIPOLAR É PÉSSIMO MAS É ÓTIMO

O cientista americano Larry Matheus comprovou hoje seu longo estudo sobre a bipolaridade. Durante a apresentação da tese, Larry estava muito feliz. E depois ficou deprimido. Em seguida, começou a ficar eufórico. A plateia aplaudiu entusiasticamente. Depois vaiou.

No mesmo dia em que Larry mostrou seu estudo sobre a bipolaridade, estava previsto também um extenso levantamento sobre a fobia. Mas o autor do estudo ficou com medo de subir ao palco. O estudo mais aguardado, porém, é o dos ansiosos.

Larry começou a estudar o fenômeno por causa de suas constantes mudanças de humor. Sua mãe lembra que, quando ele era pequeno, chorava e sorria ao mesmo tempo, em questão de segundos. "A gente nunca sabia como ele estava. Dava até medo. O pior é que eu não sei de quem ele puxou isso", disse a mãe, rindo da situação. E depois chorando.

MULHERES EXIGEM O USO CORRETO DA CRASE NOS CARTÕES DO DIA DA MULHER

Salários e oportunidades iguais de trabalho, o fim da violência doméstica e a descriminalização do aborto são reivindicações básicas das mulheres. Mas não se pode deixar de lado o bom Português. Além de uma noite com Cristiano Ronaldo, a grande reivindicação feminina nesse quesito é a sumária extinção do mau uso da crase nos cartões de felicitações.

Ao receber o cartão que ilustra esta notícia, a enfermeira paulistana Lucielene de Farias, 33 anos, procurou a Delegacia das Mulheres e denunciou o marido pela violência à Língua Portuguesa. Contou que ele já havia escrito "tudo haver" e "pra mim fazer" em cartões de anos anteriores, por isso era reincidente. Ela pretende nunca mais voltar pra casa.

ADOLESCENTE FILMOU AS FÉRIAS INTEIRAS COM A CÂMERA AO CONTRÁRIO. DE PROPÓSITO

Foi a primeira viagem internacional da família Johnson, de Birmingham, Alabama. Os pais, Sidney e Lucy, com os filhos Natasha Ann, de 15 anos, e Robert, de 13, passaram uma semana na Itália, conhecendo Roma, Florença e Veneza. Eis que, durante a viagem inteira, Natasha Ann carregou sua câmera no modo invertido e gravou apenas a si mesma. Já em casa, seus pais se chocaram. "Olha o que você fez! Onze horas de gravações só de você!" Para eles, um erro de viajante novata. Mas estavam errados.

"Gravei a mim mesma porque quis!", revelou Natasha Ann. De acordo com a jovem, ela queria registrar todas as suas reações às coisas maravilhosas que viu. "Tem situação mais legal pra variar expressões do que quando a gente tá viajando?", pergunta. A gravação de que ela mais gostou foi quando viu o David de Michelangelo, num museu em Florença. "Minha cara tá o máximo!", diz. "Vou levar essas recordações para sempre!".

Tropeço na rua e finjo que estou correndo

Começou quando eu era bem pequeno, na escola. Eu não podia dar o braço a torcer para meus coleguinhas. Tropecei no corredor, mas não perdi a pose. Segui meu caminho, de forma acelerada e elegante.

Mais tarde, na adolescência, eu me apaixonei pela primeira vez. Eu amava a Manuela, ou achava que amava, como todo adolescente. Ela estava me esperando no portão na saída da escola quando eu tropecei e quase dei de cara no chão. Só não dei porque fingi que estava com muita pressa de vê-la.

Quando a fase adulta chegou, os tropeços eram mais frequentes. Mudei-me para o Canadá para trabalhar, e o gelo só facilitava minha propensão a beijar o solo. Mas eu corria alegremente, o que encantava os gringos. "Esses brasileiros são muito enérgicos mesmo", eu ouvia sempre.

Eu só não esperava que meus tropeços fossem se tornar conhecidos em todo o mundo. Um belo dia, quando eu voltava do trabalho, tropecei no meio da rua e meu vizinho me filmou e postou o vídeo na internet. Meu andar desastroso tornou-se um dos virais mais vistos da história mundial. Eu já não era conhecido em nenhum círculo social pelo meu nome, mas pela alcunha de "tropecinho".

Entrei em depressão. Passava horas tropeçando dentro do quarto para que ninguém me visse. No máximo, eu tropeçava até o banheiro ou até a cozinha quando a fome e a sede apertavam. Passei meses assim, com vergonha e tristeza, até que um dia me olhei no espelho e não me reconheci. Decidi que era hora de enfrentar o mundo e falar abertamente sobre o meu problema e o preconceito que o rondava.

Hoje, de volta para o Brasil, já faz seis meses que não tropeço. Com a ajuda de minha religião e de muita terapia, eu tenho evitado esses tropeços dia após dia. Não tem sido fácil, mas acredito que posso superar esse vício. E, da próxima vez que eu tiver que tropeçar, talvez eu aprenda a conviver comigo mesmo e aceitar que posso pagar esse mico – e talvez perder um dente ou dois, mas quem não perde alguma coisa nessa vida?

www.belasletras.com.br